KB092672

인간 실격

클래식 보물창고 35

인간 실격

펴낸날 초판 1쇄 2015년 5월 15일
지은이 다자이 오사무 | **옮긴이** 김아영
펴낸이 신형건 | **펴낸곳** (주)푸른책들 | **등록** 제321-2008-00155호
주소 서울특별시 서초구 양재천로7길 16 푸르니빌딩 (우)137-891
전화 02-581-0334~5 | **팩스** 02-582-0648
이메일 prooni@prooni.com | **홈페이지** www.prooni.com
카페 cafe.naver.com/prbm | **블로그** blog.naver.com/proonibook

ISBN 978-89-6170-486-1 04830
* 잘못된 책은 구입한 곳에서 바꾸어 드립니다.

이 도서의 국립중앙도서관 출판시도서목록(CIP)은 서지정보유통지원시스템 홈페이지(http://seoji.nl.go.kr)와
국가자료공동목록시스템(http://www.nl.go.kr/kolisnet)에서 이용하실 수 있습니다.
(CIP제어번호: CIP2015007807)

표지 이미지 | 에곤 실레 作 '오른쪽을 향한 옆모습의 남성 누드'

보물창고는 (주)푸른책들의 유아, 어린이, 청소년, 문학 도서 임프린트입니다.

人間失格

인간 실격

다자이 오사무 지음 | 김아영 옮김

보물창고

차례

서 문

나는 그 남자의 사진 세 장을 본 적이 있다.

첫 번째 사진은 그 남자의 어린 시절이라고 해야 할까, 열 살쯤으로 추정되는 사진으로, 어린 아이가 여러 여자들에게 둘러싸여(그들은 그 아이의 누나와 여동생 그리고 사촌들로 추정된다.) 정원 연못가에서, 거친 줄무늬가 있는 하카마*를 입고 서서, 고개를 30도 정도 왼쪽으로 기울이고는 흉측하게 웃고 있는 사진이다. 흉측하게? 하지만 둔감한 사람들(즉, 아름다움이나 추함 따위에 관심이 없는 사람들)은 우습다거나 아무렇지도 않은 듯한 얼굴을 하고서는,

"귀여운 도련님이잖아."

라고 적당한 칭찬을 해도 반드시 거짓된 칭찬이라고 들리지 않을 정도로, 소위 통속적인 '귀여움'이라고 할 만한 그림자가 그 아이의 웃는 얼굴에 없는 것은 아니지만, 그래도 조금이나마 미

---

*하카마 : 품이 넓은 일본 전통 하의.

적 감각에 대한 훈련을 거쳐 온 사람이라면 한눈에 바로,

"뭐야, 이상한 아이야."

라고 몹시 불쾌한 듯이 말하며, 송충이를 털어 버릴 때와 같은 손놀림으로 그 사진을 내던질지도 모른다.

정말이지 그 아이의 웃는 얼굴은 보면 볼수록, 왠지 모르게 기분 나빴다. 애당초 그것은 미소가 아니다. 그 아이는 조금도 웃고 있는 것이 아니다. 그 증거로 아이는 양쪽 주먹을 꽉 쥐고 서 있다. 인간이란 주먹을 꽉 쥔 채로 웃을 수 있는 존재가 아니다. 원숭이다. 원숭이의 웃음이다. 그저 얼굴에 흉측한 주름을 찌푸리고 있을 뿐이다. '주름투성이 아이'라고 말하고 싶을 정도로, 정말로 기묘하고 어딘가 불쾌하며, 이상하게 사람의 화를 치밀어 오르게 하는 표정을 지은 사진이다. 나는 지금까지 이렇게 이상한 표정을 한 아이는 한 번도 본 적이 없다.

두 번째 사진은 얼굴이 놀랄 정도로 변모해 있었다. 학생 때의 모습이다. 고등학교 시절인지 대학 시절인지 분명하지는 않지만, 어쨌든 엄청난 미모의 남학생이다. 하지만 이것 또한 이상하게도 살아 있는 인간의 느낌은 들지 않는다. 교복을 입고 가슴 언저리의 포켓에 하얀 손수건을 살짝 드러내고, 등의자에 걸터앉아 다리를 꼬고, 역시나 웃고 있다. 이번의 미소는 주름투성이 원숭이의 웃음이 아닌, 상당히 정교한 미소를 짓고는 있지만, 인간의 웃음과는 어딘가 다르다. 피의 무거움이라 해야 할지, 생명의 깊음이라 해야 할지, 그러한 충실감은 조금도 없고, 그야말로 새처럼도 아니라 깃털처럼 가볍고, 그저 새하얀 종이 한 장처럼 그렇게 웃고 있다. 즉, 하나부터 열까지 만들어진 느

낌이다. 거슬린다 말해도 충분치 않다. 경박하다고 말해도 충분치 않다. 남창(男娼)이라 말해도 충분치 않다. 멋지다고 말하기에도 물론 충분치 않다. 게다가 계속 보고 있으면 역시나 이 미모의 남학생에게도 어딘가 괴담 같은, 뭔가 기분 나쁜 기운이 느껴지는 것이다. 나는 지금까지 이렇게 이상한 미모의 청년은 한 번도 본 적이 없다.

마지막 사진이 가장 기괴하다. 나이를 전혀 알 수가 없다. 머리는 어느 정도 백발이 되어 있다. 그 사람은 몹시 더러운 방(방 안의 벽이 세 군데 정도 부서져 내린 것이 그 사진에 분명히 찍혀 있다.)의 한쪽 구석에서 작은 화로에 양손을 쬐며, 이번에는 웃고 있지 않다. 어떠한 표정도 없다. 말하자면, 앉아서 화로에 손을 쬐면서 자연스레 죽은 듯한, 정말이지 꺼림칙하고 불길한 냄새가 나는 사진이다. 기괴한 것은 그뿐만이 아니다. 그 사진에는 비교적 얼굴이 크게 찍혀 있었기에, 나는 그 얼굴의 구조를 자세히 살필 수 있었는데, 이마는 평범하고, 이마 주름도 평범하고, 눈썹도 평범하고, 눈도 평범하고, 코도 입도 턱도, 아아, 이 얼굴에는 표정이 없을 뿐만 아니라 인상조차 없다. 특징이 없는 것이다. 예를 들어 내가 이 사진을 보고 눈을 감는다. 이미 나는 그 얼굴을 잊었다. 방의 벽이나 작은 화로는 기억해 낼 수 있지만 그 방에 있던 주인공의 인상은 싹 사라져 아무리 해도, 어떻게 해도 기억이 나지 않는다. 그림으로 그릴 수 없는 얼굴이다. 만화로도 무엇도 그릴 수 없는 얼굴이다. 눈을 뜬다. 아! 이런 얼굴이었던가, 생각났다, 하는 식의 기쁨조차 없다. 극단적으로 표현하자면 눈을 뜨고 그 사진을 다시 보아도 기억나지 않는 얼굴이다. 그저 정말 불쾌하고, 어찌할 줄 모르겠으며 바로 눈을 돌리고 싶어진다.

소위 '죽을상'이라 하더라도, 좀 더 표정이나 인상 같은 게 있을 터인데, 인간 몸뚱이에 말의 머리를 붙이면 이런 느낌이 될런지, 어쨌든 어디라고 할 것도 없이, 보는 사람으로 하여금 오싹하고 기분 나쁘게 하는 것이다. 나는 지금까지 이렇게 이상한 남자의 얼굴은 역시, 한 번도 본 적이 없다.

첫 번째 수기

수치스러운 일이 많은 생애를 살아왔습니다.

저에게는 인간의 생활이라는 것이 도통 이해가 가지 않습니다. 저는 도호쿠의 시골에서 태어났기에 기차를 처음 본 것은 상당히 성장하고 나서였습니다. 저는 정거장 다리를 오르내리면서도 그것이 선로를 넘어가기 위해 만들어졌다는 사실은 전혀 알지 못하고, 단지 정거장 구내를 외국 놀이터처럼 복잡하고 재미있게, 서양식처럼 하려고 설치했다고만 생각했습니다. 게다가 꽤 오랜 시간을 그렇게 생각해 왔습니다. 다리를 오르내리는 일은 저에게는 오히려 꽤나 세련된 놀이로서, 그것은 철도 서비스 중에서도 가장 세련된 서비스의 하나라고 생각했습니다만, 나중에, 그것이 단지 여행객이 선로를 건너기 위해서 만들어진 매우 실용적인 계단에 지나지 않다는 것을 알고서, 갑자기 흥이 식었습니다.

또한 저는 어릴 적, 그림책에서 지하철이라는 것을 보고는 이것 역시 실용적인 필요로부터 고안된 것이 아니라, 지상에서 차를 타는 것보다 지하에서 차를 타는 편이 색다르고 재미있는 놀이이기에 그렇게 만들었다고만 생각했습니다.

저는 어릴 적부터 몸이 약해서 자주 병상에 누워 있었는데, 시트와 베개 커버, 이불 커버가 정말이지 보잘것없는 장식이라 생각하였지만, 그것이 예상 외로 실용품이라는 사실을 스무 살 가까이 되어서 알게 되었을 때, 인간의 검소함에 암담함을 느끼고 슬픈 생각이 들었습니다.

또한 저는 공복감이라는 것을 알지 못했습니다. 아니, 그것은 제가 의식주에 부족함이 없는 집에서 자랐다는 의미가 아니라, 그런 바보 같은 뜻이 아닌, '공복'이라는 감각이 어떠한 것인지 전혀 알지 못했다는 것입니다. 이상한 말입니다만, 배가 고파도 스스로 그것을 느끼지 못했습니다. 초등학교와 중학교 시절 제가 학교에서 돌아오면 주위 사람들이 "그래, 배고프지? 우리도 그랬어, 학교에서 돌아오면 정말이지 심하게 배가 고프지, 아마낫또*는 어때? 카스텔라 빵도 있어." 하며 야단법석이었기에, 저는 타고난 아첨 정신을 발휘해서 "배고파."라고 중얼거리곤 아마낫또를 열 알 정도 입에 던져 넣었습니다만, 공복감이 어떠한 것인지 조금도 느끼지 못했습니다.

저 역시 물론 많이 먹습니다. 하지만 공복감 때문에 무엇을 먹은 기억은 거의 없습니다. 별나다고 생각되는 것을 먹습니다. 호화스럽다고 여겨지는 것을 먹습니다. 또한 남의 집에 갔을 때 차려 준 것도 무리를 해서라도 거의 다 먹습니다. 그리고 어릴

*아마낫또 : 팥, 콩 등을 삶아서 달게 졸인 과자.

적 저에게 가장 고통스러웠던 시간은 우리 집의 식사 시간이었습니다.

저의 시골집에서는 열 명 정도 되는 가족들이 모두, 각각 밥상을 두 열로 마주 보게 늘어놓았는데, 막내인 저는 물론 가장 끝자리였습니다. 식사하는 장소는 어두컴컴했고, 점심 식사 때도 열 명 정도의 가족이 그저 말없이 밥을 먹고 있는 모습을 보면, 저는 항상 으스스한 기분이 들었습니다. 게다가 시골의 옛 기풍을 지닌 집안이었기에, 반찬도 대체적으로 정해져 있어서 희귀한 것이나 호화스러운 것은 바랄 수도 없었습니다. 점점 더 저는 식사 시간이 두려워졌습니다. 저는 그 어두컴컴한 방 끝자리에서 추위에 부들부들 떨리는 느낌으로 입에 밥을 조금씩 가져다 넣으며, 사람은 어째서 하루에 세 번씩 밥을 먹는 것일까, 정말이지 모두 엄숙한 얼굴로 먹고 있다, 이것도 일종의 의식 같은 것으로, 가족이 하루에 세 번씩 시간을 정해서 어두컴컴한 방에 모여 밥상을 정확한 순서대로 늘어놓고, 먹고 싶지 않아도 아무 말 없이 밥을 씹으며, 집 안에 움틀거리고 있는 영(靈)들에게 고개를 숙여 기도하기 위한 것인지도 모르겠다, 하고 생각한 적이 있을 정도였습니다.

밥을 먹지 않으면 죽는다는 말이 제 귀에는 그저 거슬리는 협박으로밖에 들리지 않았습니다. 그러나 그 미신은(지금도 저에게는 뭔가 미신처럼 느껴집니다.) 항상 저에게 불안과 공포를 주었습니다. 인간은 밥을 먹지 않으면 죽기에, 먹기 위해 일하고 먹지 않으면 안 된다는 말만큼 저에게 난해하고 난삽(晦澁)하며 협박 같은 울림으로 느껴지는 말은 없었습니다.

결국, 저는 아직까지도 인간의 삶이라는 것을 조금도 모르고 있다는 말이 될 것입니다. 행복에 대한 저의 관념과 세상 모든 사람들의 관념이 완전히 어긋난 듯한 불안, 저는 그 불안 때문에 매일 밤 전전긍긍하며 신음했고, 미칠 뻔한 적조차 있습니다. 저는 과연 행복한 걸까요? 저는 어릴 적부터 사람들에게 행복한 사람이라는 말을 자주 들어 왔습니다만, 저로서는 항상 지옥 같은 느낌이었고, 오히려 저에게 행복한 사람이라고 말한 사람들이 저와는 비교할 수 없을 만큼, 훨씬 더 안락해 보였습니다.

　저에게는 불행 덩어리가 열 개 있는데, 그 가운데 하나라도 주변 사람이 짊어지게 된다면, 그것만으로도 충분히 그 사람의 생명을 취하게 되는 건 아닐까, 하고 생각한 적도 있습니다.

　즉, 모르는 것입니다. 저는 주변 사람의 괴로움의 성질이나 정도를 전혀 짐작하지 못하겠습니다. 실제적인 괴로움, 단지 밥을 먹고 살 수 있다면 그것으로 해결되는 괴로움, 하지만 그것이야말로 가장 강한 고통으로, 내가 가진 열 개의 불행 따위는 싹 날려 버릴 정도로 처참한 아비지옥일지도 모른다. 그것은 알 수 없다. 하지만 그래도 쉽게 자살하지 않고, 미치지도 않으며, 정당(政党)을 말하면서, 절망하지 않고, 굴하지도 않는 생활의 싸움을 계속해 간다. 괴롭지 않은 게 아닐까? 완전한 에고이스트가 되어, 게다가 그것이 당연한 것이라 확신하고 한 번도 자기를 의심한 적이 없는 것은 아닐까? 그렇다면 편하겠지. 하지만 인간이란 존재는 모두 그러한 것이고, 그래서 그걸로 만점인 것은 아닐까? 모르겠다. 밤에는 푹 자고 아침에는 상쾌해지는 것일까. 어떤 꿈을 꾸고 있는 것일까. 길을 걸으면서 무엇을 생각하는 것일까. 돈? 설마, 그것만은 아니겠지. 인간은 밥을 먹기 위해 살아간다는 이야기는 들어 본 적이 있는 것 같지만, 돈을 위해 살아간다는 말은 들어 본 적이 없다. 아니, 하지만 어쩌면…… 아니, 그것도 모르겠다. 생각하면 할수록 점점 알 수 없게 되어, 저만 혼자 완전히 다른 듯한 불안과 공포에 휩싸일 뿐입니다. 저는 주변 사람과 거의 대화를 할 수 없습니다. 무엇을 어떻게 말하면 좋을지 잘 모르기 때문입니다.

그래서 생각해 낸 것이 우스갯짓이었습니다.

그것은 저에게 있어 인간을 향한 최후의 구애였습니다. 저는 인간을 극도로 두려워하면서도, 아무리 해도, 인간을 단념할 수 없었던 듯합니다. 그래서 저는 이 우스갯짓이라는 방법으로 간신히 사람들과 연결될 수 있었습니다. 겉으로는 언제나 웃는 얼굴을 지으면서, 속으로는 필사적으로, 그야말로 천 번에 한 번이라도 될까 말까 할 법한 위기일발의, 진땀이 흐르는 서비스였습니다.

저는 어릴 적부터, 저의 가족들조차도, 그들이 얼마나 괴로워하고, 또 어떤 것을 생각하며 살아가는지 전혀 짐작하지 못했고, 단지 무섭고 어색함을 견딜 수 없어서, 자연스레 우스갯짓을 잘하게 되었습니다. 즉, 저는 어느새 한마디도 진심을 말하지 않는 아이가 된 것입니다.

그 시절 가족들과 함께 찍은 사진을 보면, 다른 사람들은 모두 착실한 얼굴을 하고 있지만 저 혼자 언제나 기묘하게 얼굴을 일그러뜨리며 웃고 있는 것입니다. 이것 역시도 저의 미숙하고 슬픈 우스갯짓의 일종이었습니다.

또한 저는 가족들에게 핀잔을 듣고도 말대꾸를 한 적이 한 번도 없습니다. 별거 아닌 그 잔소리가 저에게는 청천벽력처럼 강하게 느껴져, 미칠 것만 같아, 말대꾸는커녕 잔소리야말로 말하자면, 만세일계* 인간의 '진리'와 다름없다, 나에게는 그 진리를 행할 만한 힘이 없기에 이제는 인간과 함께 살 수 없는 것은 아닐까, 하고 생각했습니다. 따라서 저는 말다툼도 자기변명도 할 수 없었습니다. 누군가로부터 심한 말을 들으면, 아무리 생각해도 제 스스로가 심각한 오해를 하고 있는 것 같아서, 항상 그 공격을 말없이 받아들이고, 속으로는 미칠 것만 같은 공포를 느꼈습니다.

　　누구라도 다른 사람이 비난을 하거나 화를 낸다면 기분이 좋을 리 없겠지만, 저는 화내고 있는 인간의 얼굴에서 사자나 악어보다도, 용보다도, 더욱 무서운 동물의 본성을 봅니다. 평소에는 그 본성을 숨기고 있는 듯합니다만, 어떠한 기회에, 예를 들자면 소가 초원에서 아무런 경계심 없이 자고 있다가 갑자기 꼬리로 탁 하고 배에 있는 등에를 때려죽이듯이, 느닷없이 인간의 무서운 정체가 분노에 의해 폭로되는 모습을 보면, 저는 항상 머리털이 거꾸로 서는 듯한 전율을 느끼며, 이 본성 또한 인간이 세상을 살아가는 자격의 하나일지도 모른다고 생각하면, 제 자신에게 절망감을 느꼈습니다.

　　인간에 대한 공포로 항상 떨었으며, 또한 인간으로서 제 자신의 언동에 조금도 자신감을 갖지 못해서, 저 혼자만의 고민은 가슴속 작은 상자 안에 감추고, 그 우울감과 긴장감은 그저 숨겨

*만세일계 : 같은 계통이 영원히 이어짐.

16

놓고, 오로지 천진난만한 척 낙천성으로 장식하며, 점차 저는 우스갯짓을 하는 괴짜로 완성되어 갔습니다.

뭘 해도 좋으니까 사람들을 웃기기만 하면 괜찮은 것이다. 그러면 내가 그들이 말하는 '생활'의 밖에 있어도 그다지 신경 쓰지 않게 되지 않을까, 어쨌든 그들, 인간들의 눈에 거슬려서는 안 된다. 나는 없는 것이다. 바람이다. 하늘이다. 그런 생각만이 점점 더 심해져서, 저는 우스갯짓으로 가족들을 웃기고, 또한 가족보다 더 이해할 수 없고 무서웠던 하인이나 하녀에게까지 필사적으로 우스갯짓을 서비스했던 것입니다.

저는 여름에 유카타* 안에 빨간 털 스웨터를 입고 복도를 걸으며 집안사람들을 웃겼습니다. 좀처럼 웃지 않는 큰형도 그것을 보고 웃음을 터트리며,

"요조야, 그건 어울리지 않잖아."

라며 귀여워서 어쩔 줄 모르겠다는 듯이 말했습니다. 뭐, 아무리 저라고 해도, 한여름에 털 스웨터를 입고 다닐 정도로, 더위와 추위를 모르는 이상한 놈은 아닙니다. 누나의 레깅스를 양 팔에 끼고 일부러 유카타 소매 밖으로 슬쩍 내놓아, 스웨터를 입고 있는 듯이 꾸몄던 것입니다.

저의 아버지는 도쿄에 볼일이 많은 분이셨기에 우에노 사쿠라기쵸에 별장을 가지고 있었고, 한 달의 대부분을 도쿄의 그 별장에서 지내셨습니다. 그래서 돌아오실 때에는 가족 모두와 친척들에게까지 정말로 엄청난 선물을 사오셨는데, 음……, 그건 아버지의 취미 같은 것이었습니다.

---

*유카타 : 일본의 여름철 평상복으로, 집 안에서 걸쳐 입는 무명의 긴 홑옷.

언젠가는 아버지가 도쿄로 가시기 전날 밤에 우리 형제들을
응접실에 모으고, 이번에 돌아올 때에는 어떤 선물이 좋은지 한
명씩 웃으며 물어보시고는, 그 대답을 하나하나 수첩에 적으셨
습니다. 아버지가 이렇게 우리들과 다정하게 지내는 것은 드문
일이었습니다.

"요조는?"

아버지가 물으시자 저는 머뭇거렸습니다.

무엇이 갖고 싶으냐고 물어보면, 그 순간 아무것도 가지고 싶
지 않게 되는 것이었습니다. 아무래도 좋다, 어차피 나를 기쁘
게 해 주는 것 따위는 없을 거라는 생각이 슬그머니 드는 것입
니다. 그와 동시에, 남이 준 것은, 아무리 저의 취향과 맞지 않
아도, 거절하지 못했습니다. 싫어하는 것을 싫다고 말하지 못하
고, 또한 좋아하는 것도 머뭇거리며 훔치듯이 대단히 씁쓸하게
받아들여, 그러고는 말로 다할 수 없는 공포감에 몸부림치는 것
이었습니다. 즉, 저에게는 둘 중 하나를 고르는 능력조차 없었
던 것입니다. 이것이 훗날에 이르러 저의 소위 '수치가 많은 생
애'를 살게 된 중대한 원인 중 하나였다고 생각합니다.

제가 말없이 머뭇거리고 있었기에, 아버지는 조금 언짢은 얼
굴이 되어 물어보셨습니다.

"역시 책인가? 아사쿠사 안에 있는 가게에서 정월 사자춤에
쓰는 사자탈 말이야, 아이들이 쓰고 놀기에 알맞은 크기로 된 것
을 팔던데, 그거 갖고 싶지 않아?"

갖고 싶지 않냐고 물어보면 이젠 끝입니다. 우스갯짓 같은 대
답도, 그 어떤 것도 할 수 없게 됩니다. 우스갯짓을 하는 자로서

는 완전히 낙제였습니다.

"책이 좋겠지?"

큰형이 진지한 얼굴을 하고 말했습니다.

"그래?"

아버지는 흥이 깨진 얼굴로 수첩에 적지도 않고, 탁 하고 덮었습니다.

이 무슨 실패인가, 나는 아버지를 화나게 했다, 아버지의 복수는 분명히 무서울 것이 틀림없을 텐데, 지금 뭐라도 하면 돌이킬 수 있을까? 하며 저는 그날 밤, 이불 속에서 부들부들 떨면서 고민하다가, 살그머니 일어나 응접실에 가서, 아버지가 수첩을 넣어 두었을 책상 서랍을 열어, 수첩을 꺼내 훌훌 넘겨서, 선물 목록을 기입한 부분을 찾아, 연필을 꺼내, '사자춤'이라고 써 놓고 잠들었습니다. 저는 사자춤 출 때 쓰는 사자탈은 조금도 갖고 싶지 않았습니다. 오히려 책이 더 나았습니다. 하지만 저는 아버지가 그 사자탈을 사 주고 싶어 하시는 걸 알고 있었기에, 그 뜻에 맞춰서 아버지의 기분을 좋게 해 드리고 싶다는 이유 하나만으로, 한밤중에 응접실에 몰래 들어가는 모험을 감행했던 것입니다.

그리고 저의 이 비상한 수법은 역시 예상대로 대성공을 거두었습니다. 얼마 지나 아버지가 도쿄에서 돌아오셔서, 어머니에게 큰 소리로 말씀하시는 것을 저는 방에서 듣고 있었습니다.

"아사쿠사 안에 있는 장난감 가게에서 이 수첩을 열어 보았더니, 여기! 여기에 '사자춤'이라고 쓰여 있잖아. 이건 내 글씨가 아니야. '어라?' 하고 생각해 보니 짐작이 갔지. 이건 요조가 장난친 거야. 그 녀석이 내가 물어볼 때는 히죽거리며 아무 말 없이 있더니만, 나중에 아무래도 사자탈이 가지고 싶어 안달이 난 듯해. 여하튼 그 녀석은 별났으니까, 갖고 싶으면서 그렇지 않은 척하고는 확실하게 써 두었어. 그렇게 갖고 싶었으면 그렇다고 말하면 좋을 텐데. 나 말이야, 장난감 가게 문 앞에서 웃었잖아. 요조를 빨리 여기로 불러와요."

또한 저는 하인이나 하녀들을 방에 모으고, 하인 한 명에게 엉망진창으로 피아노 건반을 두드리게 하고는(시골이긴 했지만 그 집에는 웬만한 것은 다 갖추어져 있었습니다.), 저는 그 말도 안 되는 곡에 맞춰 인디언 춤을 춰서 모두를 크게 웃게 만들었습니다. 둘째 형은 플래시를 터트리며 인디언 춤을 추는 저를 촬영했는데, 인화된 사진을 보니 제가 허리춤에 두른 천(그것은 사라사 보자기였습니다.)의 이음매에서 작은 고추가 보여, 이것이 또 집안사람들에게 큰 웃음이 되었습니다. 저로서도 그것은 의외의 성공이라 할 만한 것이었습니다.

저는 매달, 신간 소년 잡지를 열 권이나 넘게 구독하고 있었고, 또한 그 외에도 다양한 책을 도쿄에서 주문해 열심히 읽었기에, 메챠라쿠챠라 박사*라든가, 또는 난쟈몬쟈 박사** 같은 것에도 상당히 친숙했고, 또 괴담이나 야담, 만담과 에도 이야기 같은 종류에도 상당히 능통해서, 우스꽝스러운 내용을 진지한 얼

---

*메챠라쿠챠라 박사 : 1914년부터 1962년까지 간행된 소년 잡지 〈소년구락부(少年俱樂部)〉의 코너 '골계대학(滑稽大學)'에서 구독자의 수수께끼를 풀어 주는 캐릭터.
**난쟈몬쟈 박사 : 1923년부터 1962년까지 간행된 소녀 대상 잡지의 〈소녀구락부(少女俱樂部)〉의 메챠라쿠챠라 박사와 동일한 캐릭터.

굴로 이야기했기에, 집안사람들을 웃기기에는 크게 어렵지 않았습니다.

하지만 아아, 학교!

저는 그곳에서는 존경받기 시작했습니다. 존경받는다는 관념 역시 무척이나 저를 두렵게 했습니다. 거의 완벽하게 주변 사람들을 속였는데, 어느 전지전능한 한 명에게 모든 것이 간파되어, 산산조각 나 버리고, 죽는 일 이상으로 심한 수치를 당하게 되는 것이 '존경받는다'는 상태에 대한 저의 정의였습니다. '존경'받는다 해도 누군가 한 명은 알고 있다. 그래서 머지않아 사람들이 그 한 명을 통해서 속았다는 것을 알아차릴 때, 그때 사람들의 분노와 복수는 도대체 음……, 어떤 것일까요. 상상만 해도 온몸에 털이 곤두서는 기분입니다.

저는 부잣집에서 태어났다는 것보다도, 흔히 말하는 '잘하는' 일에 의해 학교에서 존경을 얻게 되었습니다. 저는 어릴 적부터 병약해서, 자주 한 달이나 두 달, 또는 한 학년 가까이 병상에 눕게 되어 학교를 쉰 적조차 있었습니다만, 그래도 병상에서 일어나 인력거를 타고 학교에 가서, 학년말 시험을 치러 보면, 반 아이들 누구보다도 '잘하는' 듯했습니다. 몸 상태가 좋을 때에도 저는 조금도 공부하지 않았고, 학교에 가도 수업 시간에 만화 같은 것을 그리고 쉬는 시간에는 그것을 반 아이들에게 설명하여 웃게 만들었습니다. 또한 작문 시간에는 우스꽝스러운 이야기만 써서 선생님께 주의를 받았지만, 저는 그만두지 않았습니다. 사실은 저의 우스꽝스러운 이야기를 선생님도 남몰래 기대하고 있다는 것을 알고 있었기 때문입니다. 어느 날, 저는 여느 때와 마찬가지로, 어머니에게 이끌려 상경하는 기차에서 객차 통로에 있는 재떨이에다가 오줌을 싸 버린 실수담(하지만 그날, 저는 재떨이인 줄 모르고 한 것이 아니었습니다. 아이의 순진함을 드러내려고 일부러 그렇게 한 것입니다.)을 일부러 슬픈 듯한 필치로 써서 제출하고, 선생님이 분명히 웃으실 거라는 자신감이 있었기에, 교무실로 돌아가시는 선생님 뒤를 살그머니 따라 갔습니다. 선생님은 교실을 나서자 바로 저의 작문을 다른 아이들의 작문 중에서 골라내어, 복도를 걸으며 읽기 시작하더니, 킥킥 웃으며, 교무실로 들어가 얼마 안 있어, 다 읽으신 건지, 얼굴이 새빨개져서 큰 소리로 웃으시며, 다른 선생님에게 바로 보여 주는 것을 확인한 저는 매우 만족했습니다.

장난꾸러기.

저는 소위 장난꾸러기로 보이는 데 성공했습니다. 존경받는 일로부터 벗어나는 데에 성공했습니다. 성적표는 전 과목 모두 10점이었지만 품행만은 7점 아니면 6점이기도 해서, 그것이 또한 집안의 큰 웃음거리가 되었습니다.

하지만 저의 본성은 그런 장난꾸러기 같은 것과는 대체로 대조적이었습니다. 그때, 이미 저는 하녀나 하인들에게서 슬픈 일을 배웠고, 겁탈도 당했습니다. 어린아이에게 그와 같은 짓을 한다는 것은 인간이 할 수 있는 범죄 중에서 가장 추악하고 천박하며, 잔혹한 범죄라고 저는 지금에서야 그렇게 생각합니다. 하지만 저는 참았습니다. 이것으로 또 하나, 인간의 특성을 본 듯했기에, 힘없이 웃었습니다. 혹여 저에게 진실을 말하는 습관이 배어 있었다면, 기죽지 않고, 그들의 범죄를 아버지나 어머니에게 호소할 수 있었을지도 모릅니다만, 저에게는 아버지나 어머니조차도 전부 이해할 수 없었습니다. 인간에게 호소한다. 저는 그 수단에 조금도 기대할 수 없었습니다. 아버지에게 호소해도, 어머니에게 호소해도, 순경에게 호소하거나 정부에 호소해도, 결국은 세상살이에 강한 사람이 세상이 좋을 대로 할 말만 기세 좋게 떠들어 대는 건 아닐까. 편파적일 것이 자명하다. 결국 인간에게 호소한다는 것은 헛된 일이다. 저는 역시 진실은 아무것도 말하지 않고, 그저 참고 우스갯짓을 계속하는 수밖에 없다는 생각이 들었습니다.

뭐야, 인간을 향한 불신을 말하는 거냐? 응? 너는 언제 크리스천이 되었던 거냐? 하며 조소하는 사람도 혹시 있을지 모르겠지만, 저는 인간을 향한 불신이 반드시 종교의 길로 통하기만 하는 것은 아니라고 생각합니다. 실제로 그렇게 조소하는 사람도 포함해서, 인간은 서로 불신하면서, 야훼도 뭐도 염두에 두지 않고 태연하게 살아가고 있는 것이 아닐까요? 역시 저의 어린 시절 일이었습니다. 아버지가 속해 있던 어느 정당의 유명인이 우리 마을에 연설을 하러 와서, 저는 하인들과 함께 극장에 갔습니다. 자리는 만원이었고, 이 마을에서 특히 아버지와 사이가 좋은 사람들의 얼굴은 모두 보였으며 그들은 크게 박수를 치고 있었습니다. 연설이 끝나고, 청중은 눈이 내린 밤길을 삼삼오오 모여 집으로 돌아가면서, 그날 밤 연설회에 대해 마구 악담을 해 대는 것이었습니다. 그중에는 아버지와 각별히 친한 사람의 목소리도 섞여 있었습니다. 아버지의 개회사도 형편없었고, 그 유명인의 연설도 뭐가 뭔지 논리를 알 수 없었다며, 소위 아버지의 '동지들'이 화난 말투로 말했습니다. 그러고 나서 그 사람들은 저희 집에 들러 응접실에 들어와 앉아, 아버지에게 오늘 밤 연설회는 대성공이었다고, 진심으로 기쁜 듯한 얼굴로 말했습니다. 하인들까지, 오늘 밤 있었던 연설회가 어땠냐고 어머니가 물어보자, 언제 그랬냐는 듯 매우 재미있었다고 말하는 것입니다. 연설회만큼 재미없는 것은 없다고, 돌아오는 길에 서로 한탄하였는데 말입니다.

하지만 이런 것은 그저 사소한 하나의 예에 지나지 않습니다. 서로 속이며, 게다가 모두 다 이상하리만큼 아무런 상처도 받지 않고, 서로 속인다는 것조차 알아차리지 못하는 듯한, 실로 훌륭한, 그야말로 맑고 밝으며 명랑한 불신의 예가 인간 생활에 충만한 듯이 여겨집니다. 하지만 저는 인간이 서로를 속이는 일에는 그다지 특별한 흥미가 없습니다. 저 역시 우스갯짓으로 아침부터 밤까지 인간을 속이고 있기 때문입니다. 저는 윤리 교과서에 나올 법한 정의라든지 뭐라든지 하는 도덕에는 그다지 관심이 가지 않습니다. 저에게는 서로 속이면서도 맑고 밝고 명랑하게 살아가는, 혹은 살 수 있다는 자신감을 가지고 있는 듯한 인간이 난해한 것입니다. 사람들은 끝끝내 저에게 그 오묘한 비법을 가르쳐 주지 않았습니다. 그것만 알았더라면 저는 인간을 이리도 무서워하며, 또한 필사적인 서비스 따위를 하지 않고 살 수 있었을 텐데요. 인간의 생활과 대립되어, 밤마다 지옥 같은 괴로움을 맛보지 않고 지낼 수 있었겠지요. 즉, 제가 하인과 하녀들이 저지른 증오할 만한 그 범죄조차 누구에게도 호소하지 않았던 것은 사람을 향한 불신 때문이 아니고, 또한 물론 기독교의 영향 때문도 아니고, 인간이 '요조'라는 저에 대해 신용의 껍질을 굳게 닫고 있었기 때문이라고 생각합니다. 부모님조차 저로서는 때때로 난해해 보일 때가 있었으니까요.

그래서 그 누구에게도 호소할 수 없는 저의 고독한 냄새가 수많은 여자들의 본능에 의해 발견되어, 훗날 제가 여러 가지로 이용되는 요인의 하나가 되었다는 생각도 듭니다.

즉, 저는 여자들에게 있어서, 사랑의 비밀을 지킬 수 있는 남자였다는 뜻입니다.

두 번째 수기

바다. 파도가 밀려들어 오는 곳이라 해도 좋을 정도로 바다와 가까운 해변에 거무스름하고 꽤나 큰 산벚나무가 스무 그루 이상이나 늘어서 있어, 신학기가 시작되면 산벚나무는 끈끈한 갈색 어린잎과 함께 푸른 바다를 배경으로 그 현란한 꽃을 피우고, 이윽고 꽃보라가 일어날 때에는 수많은 꽃잎이 바다 위로 떨어져 바다 표면을 여기저기 흩어져 떠다니다가, 파도에 실려 다시 해변으로 밀려 돌아오는, 그 벚꽃 모래 해변이 그대로 교정으로 사용되는 도호쿠의 어느 중학교에, 저는 수험 공부도 제대로 하지 않았지만, 그럭저럭 무사히 입학할 수 있었습니다. 그 중학교 모자의 배지와 교복 단추에도 도안된 벚꽃이 피어 있었습니다.

그 중학교 바로 근처에 먼 친척뻘 되는 분의 집이 있었기에, 그러한 이유도 있어서, 아버지가 바다와 벚꽃이 있는 그 중학교로 골라 주셨던 것입니다. 저는 그 집에 맡겨졌고, 여하튼 학교가 바로 근처였기에, 조례 종이 울리는 것을 듣고 나서 달리기 시작해 등교하는 꽤나 나태한 중학생이었습니다만, 그래도 예의 우스갯짓에 의해 나날이 반에서 인기를 얻었습니다.

태어나서 처음으로, 말하자면 타향으로 나온 것입니다만, 저에게는 타향이 제가 태어난 고향보다 훨씬 마음 편한 장소로 느껴졌습니다. 그건 저의 우스갯짓도 그즈음에는 완전히 몸에 익숙해져서, 사람들을 속이는 데 이전만큼의 고생이 필요하지 않았기 때문이라고 설명해도 괜찮겠습니다. 하지만 그보다도, 부모님과 다른 사람, 고향과 타향, 거기에는 극복할 수 없는 연기의 난이도 차이가, 어떠한 천재라도, 설령 하느님의 아들 예수에게라도, 존재하기 때문이 아닐까요. 배우에게 있어 가장 연기하기 힘든 장소는 고향의 극장이고, 게다가 일가친척 모두가 빠짐없이 모여 있는 방 안은 어떠한 명배우도 연기할 만한 곳이 아니지 않을까요. 하지만 저는 연기를 해 왔습니다. 게다가 그것이 꽤나 성공을 거두었습니다. 그 정도로 보통내기가 아닌 자가 타향에 나와서, 만에 하나라도 연기에 실패하는 일은 있을 리 없었습니다.

인간에 대한 저의 공포, 그것은 이전보다 심해지면 심했지 덜하지 않을 정도로 마음 한쪽 구석에서 꿈틀거리고 있었습니다만, 연기는 정말이지 술술 나와서, 교실에서는 언제나 반 아이들을 웃기고, 선생님도 이 반은 요조만 없으면 매우 괜찮은 반인데, 하고 말로는 한탄하면서도 손으로 입을 가리고 웃었습니다. 저는 천둥처럼 거칠고 굵은 목소리로 소리치는 배속 장교*조차

---

*배속 장교 : 1차 세계 대전 이후 학교 교련 수업을 위해 배속된 육군 현역 장교.

정말이지 쉽게 웃길 수 있었던 것입니다.

이제는 내 정체를 완벽히 은폐할 수 있는 것은 아닐까, 하고 마음을 놓으려던 때에, 저는 정말이지 예상치 못하게 허를 찔렸습니다. 그 주인공은 반에서 가장 빈약한 몸에, 얼굴도 푸르스름하게 붓고, 분명히 아버지나 형이 물려주었을 법한 소매가 쇼토쿠 태자* 옷같이 너무 긴 윗도리를 입었으며, 수업은 조금도 못 따라가고, 교련이나 체조는 항상 견학하는, 바보 같은 학생이었습니다. 저 역시 그 학생까지 경계할 필요성을 느끼지는 않았던 것입니다.

어느 날, 체조 시간에 그 학생(성은 지금 기억나지 않습니다만 이름은 다케이치라고 불렀던 기억이 납니다.)은 여느 때와 마찬가지로 견학을 하고, 우리들은 철봉 연습을 하고 있었습니다. 저는 일부러 가능한 한 엄숙한 얼굴을 하고, 철봉을 향해서 "에잇!" 하고 외치며 뛰었고, 그대로 멀리뛰기처럼 앞쪽으로 떨어지며 모래땅에 쿵 하고 엉덩방아를 찧었습니다. 모든 것이 계획적인 실패였습니다. 예상대로 모두가 크게 웃게 되어, 저도 쓴웃음을 지으며 일어나 바지에 묻은 모래를 털고 있는데, 언제 왔는지, 다케이치가 제 등 뒤를 찌르며 낮은 목소리로 이렇게 속삭였습니다.

"일부러 그랬지? 일부러."

저는 떨렸습니다. 일부러 실패했다는 사실을 다른 사람도 아닌 다케이치에게 간파당했다는 사실은 정말이지 생각지도 못한 일이었습니다. 저는 세상이 한순간에 지옥 불에 휩싸여 타오르

---

*쇼토쿠 태자 : 6세기 말에 태어나 일본에 불교를 중흥시킨 인물.

는 것을 눈앞에 보는 듯하여, 악! 하고 소리 지르며 미칠 것 같은 기분을 필사적으로 억눌렀습니다.

그 이후 계속되는 불안과 공포.

겉으로는 변함없이 애처로운 우스갯짓을 연기해 모두를 웃겼지만, 때때로 생각지도 않은 답답한 한숨이 나왔습니다. 무엇을 하든지 다케이치에게 샅샅이 간파되어서, 얼마 지나지 않아 분명히 그 녀석이 이 사람 저 사람에게 그것을 퍼트리고 다닐 것이 틀림없다고 생각하면, 이마에는 흥건히 진땀이 솟아나고 미친 사람처럼 묘한 눈빛으로 주변을 힐끔거리며 두리번거리게 됐습니다. 가능하다면 아침, 점심, 밤, 24시간 내내 다케이치 옆을 떠나지 않고, 그가 비밀을 무심결에 말하지 않도록 감시하고 싶은 기분이었습니다. 그렇게 해서 그에게 착 달라붙어 있는 동안, 내가 하는 우스갯짓은 말하자면, '일부러' 하는 게 아니라 '진짜'라는 생각이 들도록 모든 노력을 다해, 잘만 된다면 그와 둘도 없는 친구가 되어 버리고 싶다, 혹 그 일이 모두 불가능하다면, 이제는 그의 죽음을 기도하는 것밖에는 없다고까지 생각했습니다. 그러나 역시 그를 죽이고 싶은 마음만은 들지 않았습니다. 저는 지금까지의 생애에 있어서 누군가에게 살해당하고 싶다고 바란 적은 몇 번 있었습니다만, 누군가를 죽이고 싶다고 생각한 적은 한 번도 없었습니다. 그것은 오히려 두려운 상대에게 엄청난 행복을 주는 일일 뿐이라고 생각했기 때문입니다.

저는 그를 포섭하기 위해, 우선 얼굴에 가짜 크리스천과 같은 '상냥한' 미소를 띠고, 고개를 30도 정도 왼쪽으로 기울여, 그의 좁은 어깨를 가볍게 안아서, 간지럽고 달콤한 목소리로 제가 살고 있는 집에 놀러 오라고 자주 권했습니다만, 그는 항상 멍한 눈빛을 하고 아무 말이 없었습니다. 그러나 어느 날 방과 후, 분명 초여름쯤이었습니다. 소나기가 새하얗게 쏟아져서, 학생들은 집에 어떻게 가야 할지 곤혹스러운 듯했습니다만, 저는 집이 바로 근처였기에 아무렇지 않게 밖으로 뛰어나가려다가, 우연히 신발장 뒤에 다케이치가 기운 없이 서 있는 것을 발견했습니다. 가자, 우산 빌려줄게, 하며 머뭇거리는 다케이치의 손을 끌어당겨, 함께 소나기 속을 달려 집에 도착해서, 우리의 외투를 아주머니에게 말려 달라 부탁하고, 다케이치를 2층에 있는 제 방에 들어오게 하는 데 성공했습니다.

그 집에는 쉰이 넘은 아주머니와 서른 살 정도 된 안경을 쓰고 키가 크며 환자 같은 큰딸(이 딸은 한 번 시집을 갔다가 다시 집에 돌아온 사람이었습니다. 저는 이 사람을 이 집안사람들이 부르는 것처럼 아네사라고 불렀습니다.) 그리고 최근에 여학교를 갓 졸업한 세츠라는, 언니와 다르게 키가 작고 얼굴이 둥근 막내딸, 이 세 명이 살았는데, 아래층에 있는 가게에는 문구 용품이라든지 운동 용품을 조금씩 진열했습니다만, 주 수입은 돌아가신 아저씨가 남겨 둔 대여섯 채의 집에서 나오는 집세인 듯했습니다.

"귀가 아파."

다케이치는 서 있는 채로 그렇게 말했습니다.

"비를 맞아서 이렇게 된 거야."

제가 보니 양쪽 귀에서 고름이 심하게 나오고 있었습니다. 고름이 당장이라도 귓바퀴로 흘러내릴 것 같았습니다.

"이거, 안 되겠다. 아프겠네."

저는 야단스럽게 놀라는 척하며,

"빗속에 억지로 끌어당겨서 미안해."

라고 여자들이 쓸 만한 단어를 사용해서 '부드럽게' 사과하고, 아래로 내려가 솜과 알코올을 받아 와서, 다케이치를 제 무릎 위에 눕혀, 꼼꼼히 귀를 청소해 주었습니다. 다케이치도 역시나 이것이 위선적인 계략인 것을 눈치채지 못한 듯,

"반드시 여자들이 너에게 반할 거야."

라고, 저의 무릎베개에 누워서, 무지한 아첨을 할 정도였습니다.

그러나 이것은 아마, 다케이치도 의식하지 못했을 만큼 무서운 악마의 예언이었다는 사실을, 저는 훗날에 이르러 알게 되었습니다. 내가 반한다거나, 나에게 반하게 된다는 말은 매우 천박하며 돼먹지 못하고 정말이지 우쭐대는 느낌이 들어, 아무리 '엄숙'한 곳이라도, 그 자리에 이 말이 얼굴을 내밀게 되면, 순식간에 우울한 가람(伽藍)이 붕괴되어, 그저 단조로워지는 듯한 기분이 들지만, '반하게 되는 괴로움' 같은 속어가 아니라, '사랑받는다는 불안'이라는 문학 용어를 사용하면, 반드시 우울한 가람이 붕괴되지는 않기에, 기묘한 말이라 생각합니다.

제가 다케이치 귀에 있는 고름을 닦아 주어서 그가 '여자들이 너에게 반할 거'라는 바보 같은 아첨을 했을 때, 저는 단지 얼굴을 붉히고 웃으며 아무 대답도 하지 않았습니다만, 사실은 어렴풋하게 짚이는 부분도 있었습니다. 그러나 '나에게 반하게 된다'라는 야비한 말에 의해 생겨난 우쭐해진 분위기에서 그러한 말

을 들으니 짚이는 부분도 있다고 쓰는 것은, 보통의 만담에서 도련님의 대사조차 되지 못할 정도로 바보스러운 감회를 나타내는 것으로, 제가 그렇게 돼먹지 못하고 우쭐해진 기분으로 '짚이는 부분도 있었다'고 말한 것은 아닙니다.

저에게는 여자가 남자보다 몇 배나 더 난해했습니다. 저의 가족은 여자의 수가 남자보다 많았고, 또한 친척도 여자아이가 많았으며, 앞서 말했던 '범죄'를 저지른 하녀들도 있어서, 저는 어릴 적부터 여자들하고만 놀며 자랐다고 해도 과언은 아니라고 생각합니다만, 그러나 그것은 정말이지, 살얼음을 밟는 기분으로 그 여자들과 지내 왔던 것입니다. 대부분을, 전혀, 짐작도 할 수 없었습니다. 갈피를 잡을 수 없고, 이따금 호랑이 꼬리를 밟는 실패로 인해 심한 상처를 입었는데, 그것 역시 남자가 때리는 매와는 달라서, 내출혈처럼 극도로 불쾌하게 안으로 퍼지는, 좀처럼 치료하기 어려운 상처였습니다.

여자는 가까이 오게 하고는 뿌리치며, 여자는 다른 사람이 있는 곳에서는 저를 깔보고 매몰차게 대하지만 아무도 없으면 꽉 껴안으며, 또 여자는 죽은 듯이 깊이 잠을 자기에, 여자는 잠자기 위해서 살고 있는 것은 아닐까……, 그 외에도 여자에 대한 다방면의 관찰을 저는 이미 어린 시절부터 해 왔습니다만, 같은 인간이면서도 남자와는 전혀 다른 느낌의, 이 불가사의하고 방심할 수 없는 생명체는 기묘하게도 저에게 마음을 써 주는 것이었습니다. '반하게 된다'라는 말이나, 또는 '좋아하게 된다'라는 말도 저의 경우에는 조금도 맞지 않고, 도리어 '마음을 써 준다'라고 말하는 것이 그런대로 적합한 것 같습니다.

여자는 남자보다 우스갯짓에 더욱 잘 넘어갔습니다. 제가 우스갯짓을 연기하면, 남자들은 언제나 껄껄 웃는 것도 아니고, 게다가 저도 우쭐해진 나머지 남자들에게 지나치게 우스갯짓을 연기하면 실패한다는 사실을 알고 있었기에, 반드시 적당한 부분에서 끝내려고 주의했습니다만, 여자는 적당한 정도라는 것을 몰라서, 끊임없이 저에게 우스갯짓을 요구하고, 저는 그 끝도 없는 앙코르에 응해서, 기진맥진해질 정도였습니다. 정말이지 잘 웃는 것입니다. 애당초 여자는 남자보다도 쾌락을 더욱 많이 품을 수 있는 듯합니다.

제가 중학교 시절에 신세를 진 그 집의 누나와 여동생도 틈만 있으면 2층 제 방에 올라와서, 저는 그때마다 펄쩍 뛸 것처럼 깜짝 놀랐고 언제나 두려웠는데,

"공부해?"

하고 물으면

"아니."

라고 미소 지으며 책을 덮고,

"오늘 말이야, 학교에서 곤보라는 지리 선생님이."

하며 입에서 술술 흘러나오는 것은 마음에도 없는 웃긴 이야기였습니다.

"요조야, 안경 써 봐."

어느 날 밤, 세츠가 아네사와 함께 제 방에 놀러 와서, 실컷 저에게 우스갯짓을 연기하게 한 끝에, 그런 말을 꺼냈습니다.

"왜?"

"괜찮으니까 써 봐. 아네사 안경을 빌려서."

언제나 이렇게 난폭한 명령조로 말하는 것이었습니다. 우스 갯짓을 하는 저로서는 순순히 아네사의 안경을 썼습니다. 그러 자마자 두 자매는 자지러지게 웃었습니다.

"똑같아. 로이드와 닮았어."

당시 해럴드 로이드라는 외국의 희극 배우가 일본에서 인기 가 있었습니다. 저는 서서 한손을 들고,

"여러분."

이라고 입을 떼고,

"이번에 일본 팬 여러분들에게……."

라고 인사를 해 보아서 더 크게 웃기고 나서, 로이드 영화가 마 을 극장에 상영될 때마다 보러 가서, 몰래 그의 표정 같은 것을 연구했습니다.

또 어느 가을날 밤, 제가 누워서 책을 읽고 있는데, 아네사가 새처럼 재빠르게 방에 들어와서, 갑자기 제 이불 위에 쓰러져 울 고는,

"요조, 나 도와줄 거지? 그렇지? 이딴 집, 함께 나가 버리는 게 나아. 도와줘. 도와줘."

라고 엄청난 말을 툭 내뱉고는 또다시 우는 것이었습니다. 하지 만 여자들의 이런 태도를 보는 것이 처음이 아니었기에, 아네사 의 과격한 말에도 그리 놀라지 않고, 오히려 그 진부하고 의미 없는 행동에 흥이 식어, 살짝 이불에서 빠져나와, 상 위에 있던 감을 깎아서 한 쪽을 아네사에게 건넸습니다. 그러자 아네사는 흑흑 흐느끼면서 감을 먹고는

"뭐 재미있는 책 없어? 빌려줘."

라고 말했습니다.

저는 소세키의 『나는 고양이로소이다』라는 책을 책장에서 골라 주었습니다.

"잘 먹었어."

아네사는 부끄러운 듯이 웃으며 방에서 나갔습니다만, 아네사를 비롯한, 여자라는 존재가 도대체 어떤 마음으로 살아가는지 헤아리는 것은 지렁이의 생각을 살피는 것보다 더 복잡하고 성가시며 섬뜩한 기분이었습니다. 단지 저는 여자가 그렇게 갑자기 울기 시작할 때, 뭔가 단 것을 주면, 그것을 먹고 기분이 좋아진다는 사실만은 어릴 적 경험으로 알고 있었습니다.

또한 막내딸인 세츠는 자기 친구들을 제 방에 데리고 오곤 했는데, 여느 때와 같이 제가 모두를 웃기고 나서, 친구들이 돌아가면, 세츠는 반드시 그 친구들의 험담을 하는 것이었습니다. 저 아이는 불량한 여자애니까 주의하라는 둥, 하면서 말입니다. 그럴 거면 애초에 친구들을 데려 오지 않으면 좋을 텐데. 덕분에 제 방 손님 대부분은 여자들이었습니다.

그러나 그것은 다케이치가 아첨으로 말한 '반하게 된다'는 것의 실현이 결코 아니었습니다. 다시 말해, 저는 일본 도호쿠의 해럴드 로이드에 지나지 않았던 것입니다. 다케이치의 무지한 아첨이 꺼림칙한 예언으로 변해, 생생하게 실현된 것은 그보다 몇 년이 지난 뒤의 일이었습니다.

다케이치는 저에게 또 한 가지 의미심장한 선물을 주었습니다.

"도깨비 그림이야."

언젠가 다케이치는 저의 2층 방에 놀러 와서는 원색의 그림 한 장을 의기양양하게 보여 주며 말했습니다.

뭐지? 하고 생각했습니다. 하지만 그 순간에 제가 가게 될 길이 결정되었다고 생각하지 않을 수 없었습니다. 저는 알고 있었습니다. 그것은 고흐의 유명한 자화상에 지나지 않는다는 것을 말입니다. 우리가 어릴 적, 일본에서는 프랑스 인상파 그림이 크게 유행해서, 누구든 서양화 감상의 첫걸음을 인상파로 시작했기에, 고흐, 고갱, 세잔, 르누아르 같은 사람들의 그림은 시골 중학생이라도 사진을 통해 이미 알고 있었습니다. 저 역시도, 고흐의 원색판 그림을 꽤나 자주 봐서, 재미있는 붓 터치와 선명한 색채에 흥미를 느끼고는 있었습니다만, '도깨비 그림' 같다고는 한 번도 생각한 적이 없었습니다.

"그럼 이런 것은 어떨까. 이것도 도깨비로 보여?"

저는 책장에서 모딜리아니의 작품집을 꺼내, 햇볕에 그을린 적동색 피부의 벌거벗은 여자 그림을 다케이치에게 보여 주었습니다.

"굉장한데."

다케이치는 눈을 동그랗게 뜨고 감탄했습니다.

"지옥의 말 같아."

"역시 도깨비인 거네."

"나도 이런 도깨비 그림을 그리고 싶어."

지나칠 정도로 인간을 무서워하는 사람들이 도리어 그보다 더 무서운 요괴를 두 눈으로 확실히 보고 싶어 하는 심리, 신경질적이고 뭔가에 쉽게 두려움을 느끼는 사람이 폭풍우가 더욱

거세지기를 기도하는 심리, 아아, 이 일군의 화가들은 인간이라
는 도깨비에게 상처받고 위태로워져서, 결국엔 환영을 믿고, 한
낮의 풍경 속에서도 대번에 요괴를 발견한 것이다. 게다가 그들
은 그것을 우스갯짓으로 얼버무리지 않고, 보이는 그대로 표현
하고자 노력한 것이다. 그리하여 다케이치가 말한 대로, 과감하
게 '도깨비 그림'을 그린 것이다. 여기에 미래의 나의 길이 있다.
그런 생각에 저는 눈물이 나올 정도로 흥분해서,

　"나도 그릴 거야. 도깨비 그림을 그릴 거야. 지옥의 말을 그릴
거야."
라고, 왜인지 심하게 목소리를 낮추고 다케이치에게 말했습니
다.

　저는 초등학교 때부터, 그림이라면 그리는 것도 보는 것도 좋
아했습니다. 하지만 제가 그린 그림은 제가 쓴 글만큼이나 평판
이 썩 좋지 않았습니다. 저는 애당초 인간의 말을 조금도 믿지
않았기에, 저에게 글짓기는 그저 우스갯짓의 인사 같은 것으로,
초등학교에서 중학교 선생님들까지 계속해서 웃겨 왔습니다만,
저는 조금도 재미를 느끼지 못했는데, 그림만은(만화 같은 것과
는 별개이지만) 솜씨가 미숙함에도, 제 스타일을 고수하며 고심
을 거듭했습니다. 학교에서 그리는 그림 형식은 시시했고, 선생
님의 그림 실력도 형편없어서, 저는 순 엉터리였지만 여러 가지
표현법을 나름대로 궁리하며 시도하지 않을 수 없었습니다. 중
학생이 되어서는 수중에 유화 도구도 모두 가지고 있었지만, 아
무리 인상파 화풍의 붓 터치를 시도해 봐도, 제 그림은 마치 종
이 공예처럼 밋밋하기만 했습니다. 하지만 다케이치의 말을 들

고서, 지금까지 그림을 대하던 제 마음가짐이 영 틀렸었다는 사실을 알게 되었습니다. 아름답다고 느낀 것을 그대로 아름답게 표현하려고 했던 무른 어리석음. 대가들은 아무것도 아닌 것을 자기 주관대로 아름답게 창조하고, 추한 것에 구토를 일으키면서도 흥미를 감추지 않고 표현의 기쁨에 잠깁니다. 저 역시 다케이치 덕분에 그 원시적인 비법을 깨닫고, 사람들의 평가를 조금도 의식하지 않는 화법을 구사하기로 했습니다. 그리하여 저는 예의 여자 손님들이 알지 못하게 조금씩 자화상 제작에 박차를 가했습니다.

저로서도 흠칫할 정도로 어둡고 비참한 그림이 완성되었습니다. 이것이야말로 가슴 한구석에 숨기고 있는 나의 정체야, 겉으로는 밝게 웃으며 사람들을 즐겁게 하지만 실은 이렇게 음울한 마음을 가지고 있어, 어쩔 수 없어, 하고 조용히 수긍했지만, 그 그림은 다케이치 말고는 누구에게도 보여 줄 수 없었습니다. 저의 우스갯짓 이면에 자리한 어둡고 비참한 성정이 밝혀져 갑자기 초라해지는 것도 싫었고, 이런 저의 정체를 알아차리지 못하고 오히려 새로운 우스갯짓으로 보고 큰 웃음거리가 될까 봐 염려가 앞섰습니다. 그것은 무엇보다도 괴로운 일이었기에, 그 그림은 곧 벽장 깊숙한 곳에 묻히게 되었습니다.

또한 학교 미술 시간에도, 저는 그 '도깨비식 화법'은 감추고, 지금까지처럼 아름다운 것을 아름답게 그리는 평범한 방식을 이어갔습니다.

하지만 전부터 다케이치에게는 저의 상처받기 쉬운 성정을 아무렇지도 않게 드러내 왔기 때문에, 제 자화상도 안심하고 보여 주었습니다. 그 그림으로 다케이치에게 꽤 칭찬을 받았고, 도깨비 그림을 두 세 장 더 그려서 다시 한 번 다케이치로부터

"너는 대단한 화가가 될 거야."

라는 예언을 들었습니다.

여자들이 제게 '반하게 된다'는 것과 '대단한 화가가 된다'는, 바보 같은 다케이치의 두 가지 예언을 이마에 새긴 채, 저는 이윽고 도쿄로 상경했습니다.

저는 미술 학교에 들어가고 싶었지만, 아버지는 전부터 저를 고등학교에 보내서 끝내는 관리가 되게 할 생각이셨고, 저에게도 늘 그렇게 말씀하셨기에, 말대꾸 한마디 못 하는 체질인 저는 멍하니 그 말씀에 따랐습니다. 4학년 때부터 응시해 보라고 하시기에, 저는 이미 벚꽃과 바다 중학교가 어지간히 질려 있기도 해서, 5학년으로 진급하지 않고 4학년까지만 수료한 채, 도쿄에 있는 고등학교에 응시해 합격하고, 바로 기숙사 생활을 시작했습니다. 하지만 그 불결함과 거칠고 난폭함에 질려서 우스갯짓은커녕, 의사에게 폐 침윤 진단을 받고, 기숙사에서 나와, 우에노 사쿠라기쵸에 있는 아버지의 별장으로 옮겼습니다. 저는 단체 생활에 적응하려고 노력해 봤지만 아무리 해도 어려웠습니다. 게다가 청춘의 벅찬 감성이라든가 젊은이의 자긍심이라든가 하는 말을 들으면 소름이 끼쳐서, 좀처럼 평범한 고등학생들을 따라가기가 버거웠습니다. 교실도 기숙사도 삐뚤어진 성욕의 온상 같아서, 완벽에 가까운 저의 우스갯짓도 거기에서는 아무런 도움이 안 됐습니다.

아버지는 의회가 없을 때에는, 한 달에 한두 주밖에 별장에

머물지 않으셨기 때문에, 아버지가 안 계실 때는, 별장지기 노부부와 저, 세 명만이 넓은 별장에서 지냈기에, 저는 때때로 학교를 쉬었는데, 그렇다고 도쿄를 관광하고픈 기분도 들지 않아 (저는 결국 메이지 신궁도, 구스노키 마사시게 동상도, 센가쿠 사의 47사 무덤도 구경하지 못했습니다.) 집에서 하루 종일 책을 읽거나 그림을 그리거나 했습니다. 아버지가 도쿄로 오시면, 저는 매일 아침 서둘러서 등교했습니다만, 혼고 센다기쵸의 서양화가 야스다 신타로 씨의 화실에 가서, 세 시간이고 네 시간이고 데생 연습을 한 적도 있었습니다. 고등학교 기숙사에서 나왔더니, 학교 수업을 들어도, 저는 마치 청강생 같은 특별한 위치에 있는 듯하여, 그것은 저의 곡해일지도 모르겠습니다만, 어떻게도 제 스스로 재미가 없어져서, 더욱더 학교에 가는 것이 내키지 않게 되었습니다. 저는 초등학교, 중학교, 고등학교를 다니고도 끝내 애교심이라는 것을 느끼지 못했습니다. 교가라는 것도 한번 외워 본 적이 없을 정도였습니다.

저는 얼마 지나지 않아 화실에서 어느 미술학도로부터 술과 담배, 매춘부, 전당포 그리고 좌익 사상을 알게 되었습니다. 묘한 조합입니다만, 아무튼 그랬습니다.

그 미술학도는 호리키 마사오라는 친구로, 도쿄에서 태어났고 저보다 여섯 살 위였습니다. 그는 사립 미술 학교를 졸업했지만 집에 작업실이 없어서 화실에 다니며 서양화 공부를 계속하고 있다고 했습니다.

"5엔만 빌려주지 않을래?"

서로 얼굴만 알뿐, 그때까지 한마디도 이야기를 나눈 적이 없었습니다. 저는 엉겁결에 5엔을 내밀었습니다.

"좋아, 마시러 가자. 내가 한턱낼게. 너, 좋은 애구나."

거절할 수가 없어서, 화실 근처에 있는, 호라이쵸 카페에 끌려가게 되었던 것이 그와 친구가 된 계기였습니다.

"전부터 너를 보고 있었어. 그래, 그래. 그 수줍은 듯한 미소, 그게 장래성 있는 예술가 특유의 표정이야. 친구가 된 표시로 건배! 기누 씨, 이 녀석 미소년이지? 반하면 안 돼. 이 녀석이 오는 바람에 난 화실에서 미남 순위 2등으로 밀려났어."

호리키는 피부가 거무스름하고 단정한 생김새였고, 미술학도로는 드물게 제대로 된 정장을 걸친 데다, 넥타이 취향은 수수했습니다. 그리고 그는 머리에 포마드를 발라 정 가운데로 정확하게 가르마를 내고 다녔습니다.

저는 익숙하지 않은 장소이기도 하고 그저 무서워서, 팔짱을 끼었다 풀었다 하면서, 그야말로 수줍은 미소만 짓고 있었습니다만, 맥주를 두세 잔 마시는 사이, 묘하게 해방되는 듯한 가벼움을 느끼기 시작했습니다.

"저는 미술 학교에 들어가려고 했지만……."

"아냐, 시시해. 그딴 곳은 시시해. 학교는 시시해. 우리의 스승은 자연 안에 있어! 자연에 대한 파토스!"

하지만 저는 그가 말하는 것에 조금도 경의를 느끼지 않았습니다. 바보 같은 사람이다, 그림도 별로일 것이 틀림없다, 하지만 놀기에는 괜찮은 상대일지도 모른다고 생각했습니다. 저는 태어나서 처음으로, 완전히 쓸모없고, 어리석은 도시 사람을 만난 것이었습니다. 그는 저와 겉모습은 달랐지만, 평범한 세상 사람들의 삶으로부터 완벽히 유리되어, 방황하고 있다는 점에서 만큼은 분명 동류였습니다. 그런 식으로 그는 아무도 의식하지 않고 멍청한 짓을 일삼았는데, 다만 그 우스갯짓의 비참함을 제대로 깨닫지 못하는 것이 저와 본질적으로 다른 부분이었습니다.

단지 그와 노닥거리는 것뿐이다, 놀이 상대로 사귈 뿐이다, 하고 생각하며 항상 그를 경멸했고, 때로는 그와 친구인 사실에 부끄러움을 느끼면서, 그와 함께 지내는 사이, 결국 저는 그에게조차 무너지고 말았습니다.

그러나 처음에는 이 남자를 좋은 사람, 좀처럼 만나기 힘든 좋은 사람으로 굳게 믿고는, 인간에 대한 공포가 있는 저도 완전히 방심하고, 도쿄 생활에 좋은 안내자가 생겼다고만 생각했습니다. 사실 저는 혼자 전차를 타면 차장이 무서웠고, 가부키 극장에 들어가고 싶어도 주홍색 카펫이 깔린 현관 계단 양쪽으로 나란히 서 있는 안내양들이 무서웠으며, 또 레스토랑에 들어가면 등 뒤에 가만히 서서 접시가 비워지기를 기다리는 웨이터가 무서웠고, 특히 계산을 할 때, 아아, 제 손은 딱딱하게 굳었습니다. 저는 쇼핑을 하고 돈을 건넬 때, 인색함 때문이 아니라 지나친 긴장과 지나친 부끄러움, 또 지나친 불안과 공포로, 어질어질 현기증이 나고 온 세상이 새까맣게 보여, 반쯤 미친 기분이 들었기에, 값을 깎기는커녕, 거스름돈을 받는 것도 잊어버리고, 산 물건을 들고 나오는 것을 까먹은 적도 종종 있을 정도여서, 혼자서는 도저히 도쿄의 거리를 걸을 수 없었기에, 어쩔 수 없이 하루 종일 집 안에서 뒹굴 수밖에 없었던 것입니다.

그러다가 호리키에게 지갑을 맡기고 함께 다니게 되자, 한 가닥 놀아 본 듯한 호리키는 물건 값을 많이 깎거나, 얼마 되지 않은 돈으로 최대의 효과가 나도록 썼고, 비싼 택시는 멀리하고 전차, 버스, 통통배 등을 이용해서, 최단 시간에 목적지에 도착하는 수완도 보여 주었으며, 또 매춘부와 있다가 돌아오는 아침에는 무슨 요정에 들러 아침 목욕을 하고, 따뜻하게 데운 두부를 안주 삼아 가볍게 술을 마시는 값싸지만 사치스러운 기술을 알려 주거나, 그 외에도, 저렴한 포장마차의 규동과 야키토리에 영양가가 풍부하다고 설명하고, 취기를 일찍 올라오게 하는 것은 덴키브랜*를 능가하는 것이 없다고 역설하며, 어찌 되었든 계산에 있어서는 저에게 조금도 불안과 공포를 느끼게 한 적이 없었습니다.

게다가 호리키와 교제하며 도움을 받은 것은, 호리키가 듣는 사람의 생각을 완전히 무시해서, 말하자면 넘치는 정열대로(혹 정열이란 상대방의 입장을 무시하는 일인지도 모르겠습니다만), 하루 종일 시시한 잡담을 계속하는 통에, 지친 몸으로 함께 걷더라도 어색한 침묵에 빠질 걱정이 전혀 없다는 것이었습니다. 사람들과 만났을 때, 무시무시한 침묵이 자리하는 것이 싫어서, 원래는 입이 무거운 제가 필사적으로 바보 같은 우스갯소리를 던졌지만, 이제 호리키 이 바보가 우스갯짓을 대신해 주었기에, 저는 대답도 제대로 하지 않고 그저 흘려들으며, 이따금씩 "에이, 설마." 정도만 말하고 웃어 주면 되었습니다.

술, 담배, 매춘부, 이것들은 모두 인간 공포증을 잠깐이나마

---

*덴키브랜 : 1882년부터 일본에서 판매된 브랜디 풍의 혼성주.

달래 주는, 아주 좋은 수단이라는 것을 얼마 지나지 않아 저도 알게 되었습니다. 그러한 수단을 구하기 위해서라면, 제가 가지고 있는 것을 전부 팔아도 후회가 없을 것 같았습니다.

저에게 매춘부란, 인간도 여자도 아닌, 백치나 미친 사람처럼 보여서, 그 품 안에서 저는 오히려 안심하고 푹 잘 수 있었습니다. 욕망이라고는 애처로울 정도로, 조금도 없었습니다. 덕분에 그들은 저에게 동류의식 같은 것을 느꼈는지, 저는 언제나 매춘부들로부터 거북하지 않을 정도의 자연스러운 호의를 받았습니다. 아무런 타산도 없는 호의, 억지가 아닌 호의, 두 번 다시 오지 않을 지도 모르는 사람에게 베푸는 호의, 저는 그런 백치나 미친 사람 같은 매춘부들에게서 마리아의 후광을 본 밤도 있었습니다.

하지만 인간을 향한 공포로부터 벗어나, 희미한 한 밤의 휴식을 얻기 위해 그곳으로 가, 그야말로 저와 '동류'인 매춘부들과 노는 사이에, 저도 모르게 어떤 꺼림칙한 기운이 제 주위에 감돌게 된 모양으로, 그것은 저 역시 전혀 예상하지 못한, 소위 '덤으로 온 부록'이었습니다. 하지만 점차 그 '부록'이 선명하게 표면으로 떠올라서, 호리키가 그것을 지적하자 깜짝 놀랐고 기분이 나빴습니다. 속된 표현을 빌리자면, 제가 매춘부를 통해 여자를 배웠고, 게다가 최근 들어 현저히 실력이 늘자, '여자를 배우는 일은 매춘부와 하는 것이 가장 격렬하고 효과도 있다'는 얘기가 들어맞아, 이미 저에게는 '여자 달인'이라는 냄새가 늘 따라다녔습니다. 여자는(매춘부뿐만 아니라) 본능에 따라 그 냄새를 맡아서 다가오게 된다는, 외설스럽고 불명예스러운 분위기를 '부록'

으로 받아서, 그것이 제 자신의 휴식보다 심하게 두드러져 나타날 정도였습니다.

호리키는 그런 이야기를 반쯤은 아첨하듯 말했습니다만, 제게는 괴롭게도 짐작 가는 일들이 있었는데, 예를 들면 찻집 여자로부터 서투른 편지를 받은 기억도 있고, 사쿠라기쵸 이웃집에 사는 장군의 스무 살 정도 되는 딸이 매일 아침, 제가 등교할 시간에 볼일도 없는 듯한데, 자기 집 문 앞을 옅은 화장을 하고 드나들거나, 소고기를 먹으러 가면 제가 말하지 않아도 그곳 종업원이……, 또 단골 담뱃가게 아가씨로부터 건네받은 담배 곽 안에……, 또 가부키를 보러 갔을 때 옆자리 여자에게……, 또 한밤에 전차에 취해서 잠들어 있었을 때……, 또 생각지도 못한 고향 친척의 딸로부터 마음을 다해 쓴 듯한 편지가 오고……, 또 제가 자리를 비운 사이에 누군지도 모르는 아가씨가 손수 만든 인형을……, 제가 극도로 소극적인 탓에 그 정도에서 끝난 이야기로, 단지 단편일 뿐, 어느 누구하고도 그 이상의 진전은 없었습니다만, 뭔가 여자로 하여금 꿈을 꾸게 하는 분위기가 제게 감돌고 있다는 사실은 여자 복이 많다는 자랑 같은 어지간한 농담이 아니라, 부정할 수 없는 사실이었습니다. 저는 그것을 호리키 같은 자에게 지적받아, 굴욕의 쓴맛을 느낌과 동시에, 매춘부와 노는 일에도 갑자기 흥이 식었습니다.

호리키는 또한 현대적인 사상을 갖춘 듯 허세 부리기를 좋아해서(호리키의 경우, 저로서는 아직도 그 외에 다른 이유를 생각할 수 없습니다만) 어느 날, 저를 공산주의 독서회라고 하는 (R·S라고 했던가, 기억은 분명하지 않습니다.) 비밀 연구회에 데려갔습니다. 호리키 같은 사람에게 있어서 저를 공산주의 비밀 모임에 데려간 것은 예의 '도쿄 안내'와 같은 종류였을지도 모릅니다. 저는 '동지'로 소개되어, 소책자를 한 부 사게 됐고, 상석에 앉은 무척 못생긴 청년한테 마르크스 경제학 강의를 받았습니다. 하지만 저에게 그 내용은 당연한 것처럼 여겨졌습니다. 그리 다르지 않을 테지만, 사람의 마음에는 좀 더 이유를 알 수 없는 무서운 것이 있다. 욕망이라 말해도 부족하고 허영이라 말해도 부족하다. 색과 욕망, 이럭저럭 두 개를 나란히 놓아도 부족하다. 뭔지 저로서도 알 수 없지만 인간 세상의 근저에는 경제만이 아니라 이상한 괴담 같은 것이 있는 듯한 느낌이 들어, 그 괴담에 두려워 떨고 있는 저는, 소위 유물론을 물이 낮은 곳으로 흐르는 것처럼 자연스럽게 긍정하면서도, 그것으로 인간에 대한 공포에서 해방되어 푸른 새싹을 향해 눈을 뜨고, 희망의 기쁨을 느낄 수는 없었습니다. 하지만 저는 한 번도 결석하지 않고, 그 R·S(라고 불렀으리라고 생각합니다만 틀렸을지도 모릅니다.)에 출석했고, '동지'들이 무슨 큰일이 난 것처럼 경직된 얼굴을 하고, '1 더하기 1은 2'라는 식의 초급 산수 같은 이론 연구에 골몰하는 것이 우스꽝스럽게 보여서, 늘 그랬듯 저의 우스갯짓으로 모임을 편안하게 하는 일에 몰두했고, 그 때문인지, 점차 연구회를 향한 거북한 느낌도 사라지게 되어, 저는 그 모임에 없어서는 안 되는 인기인이 된 듯했습니다. 이 단순한 사람들은 저에 대해서 다른 이들과 마찬가지로 단순하고 낙천적인 익살꾼 '동지'로만 생각하고 있었을지도 모르겠습니다만, 혹여 그랬다면, 저는 이 사람들 모두를 제대로 속여 넘긴 것입니다. 저는 동지가 아니었습니다. 그래도 그 모임에 항상 빠지지 않고 출석해서, 모두에게 우스갯짓 서비스를 계속했습니다.

좋아했기 때문입니다. 저는 그 사람들이 마음에 들었습니다. 하지만 그것은 반드시 마르크스에 의해 묶여진 친화감은 아니었습니다.

비합법. 저에게는 그것이 은근히 즐거웠던 것입니다. 오히려 그곳에 있는 게 마음이 편했습니다. 세상 안의 합법이라는 것이 오히려 무섭고(그것에는 끝이 없는 강력한 무엇이 느껴집니다.) 그 구조가 불가사의해서, 창문도 없고, 뼛속까지 추위가 스며드는 그 방 안에는 도저히 앉아 있을 수 없어서, 바깥이 비합법의 바다이더라도, 그곳으로 뛰어들어 헤엄치다가 결국은 죽음에 이르는 편이 도리어 저에게는 마음이 편할 듯했습니다.

어둠에 속한 자라는 말이 있습니다. 사람들 사이에서는 비참한 패배자, 악덕자를 가리키는 말이지만, 저는 태어날 때부터 제가 어둠에 속한 자 같은 기분이 들어서, 세상 사람들이 어둠에 속한 자라고 손가락질하는 사람과 만나면 늘 상냥한 마음이 되었습니다. 저의 그 '상냥한 마음'은 제 스스로도 넋을 잃게 될 정도로 상냥한 마음이었습니다.

또한, 범인(犯人) 의식이라는 단어도 있습니다. 저는 일생 동안 그것 때문에 괴로워했지만, 그 범인 의식은 저의 조강지처 같은 좋은 동반자가 되어 주었고, 그 녀석과 단 둘이 쓸쓸하게 놀고 장난치는 것도, 제가 살아가는 자세의 하나였던 것 같습니다. 또한 흔히 쓰이는 '정강이에 상처를 가진 자'*라는 말도 있

*정강이에 상처를 가진 자 : 켕기는 데가 있거나 숨기는 약점이 있다는 뜻.

는 듯합니다만, 저는 그 상처가 아기였을 때부터 자연스럽게 한쪽 정강이에 나타나, 성장하면서 치료되기는커녕, 더욱더 심해질 뿐이었습니다. 상처가 뼛속까지 깊어져 밤마다 천변만화*의 지옥 같은 고통을 느꼈지만(이것은 매우 기묘한 표현입니다만), 그 상처는 점차 저의 피와 살보다도 가까워졌고, 상처의 고통은 마치 그 상처가 느끼는 감정 또는 애정의 속삭임으로 느껴졌습니다. 그런 저에게 있어, 지하 운동 조직의 분위기는 이상할 정도로 안심이 되고 마음이 편해서, 그 운동의 본래 목적은 차치하고, 그 모양새가 저와 잘 맞는 느낌이었습니다. 호리키의 경우는 그저 바보의 장난인 셈으로, 저를 소개하러 그 모임에 한 번 갔을 뿐, 마르크스주의자는 생산에 대한 연구와 함께 소비도 관찰해야 한다는 등 서투른 농담이나 하며 모임을 가까이 하지 않았고, 그는 저를 그 '소비의 관찰' 쪽으로만 부르고 싶어 했습니다. 생각해 보면 당시에는 여러 가지 형태의 마르크스주의자가 있었던 듯합니다. 호리키같이 현대적인 사상을 따르는 척하며 허세를 부리는 자도 있었고, 또한 저와 같이 단지 비합법적인 분위기가 마음에 들어 눌러 앉아 버리는 자도 있어서, 혹여 이런 실체를 진정한 마르크스주의자가 알아차렸다면, 호리키와 저는 불같이 혼이 나고 비열한 배신자로 내쫓겼을 것입니다. 하지만 저도, 또한 호리키조차도, 좀처럼 제명 처분을 받지 않았고, 특히 저는 그 비합법의 세계에서, 합법적인 신사들의 세상보다도 오히려 느긋하게, 말하자면 '건강'하게 행동할 수 있었기에, 장래성 있는 '동지'로서, 우스울 정도로 과도하게 비밀처럼 보이는

---

*천변만화 : 천만 가지로 변한다는 뜻.

여러 가지 임무를 맡게 되었습니다. 또한 실제로 저는 그러한 임무를 한 번도 거절한 적이 없었고 태연하게 뭐든지 받아들였으며, 이상하고 부자연스럽게 행동해서 개(동지들은 경찰을 그렇게 불렀습니다.)에게 불심 검문을 받아 실패한 적도 없었고, 또한 실실거리며, 사람들을 웃기면서 그 위험하다(그 운동의 무리들은 엄청 중요한 일인 것처럼 긴장하고, 탐정소설 같은 서투른 흉내를 내며 극도로 경계심을 가졌고, 저에게 부탁한 일은 정말이지 놀랍고 어이없을 정도로 시시한 것이었습니다만, 그들은 그 임무를 매우 위험한 듯 여겼습니다.)는 임무들을 정확히 처리했습니다. 당시 저의 마음은 당원으로 붙잡히게 되어, 설령 평생을 형무소에서 살게 된다 하더라도 괜찮았습니다. 세상 속 인간의 '실생활'이라는 것을 무서워하며 매일 밤 잠들 수 없는 지옥에서 신음하는 것보다는, 차라리 감옥이 편할지도 모른다고 생각했습니다.

아버지는 사쿠라기쵸의 별장에서 손님 접대다, 외출이다, 하며 같은 집에 있어도 사흘이나 나흘씩도 저와 얼굴을 마주하는 일이 없을 정도였습니다만, 그래도 도무지 아버지가 거북하고 무서워서, 이 집을 나가 어딘가에서 하숙이라도 하고 싶다고 생각하면서, 그 말을 꺼내지 못하고 있던 때, 아버지가 그 집을 팔 생각인 듯하다는 말을 별장지기 할아버지로부터 들었습니다.

아버지의 의원 임기도 이제 곧 만기가 가까워지고, 여러 가지 이유가 있었음에 틀림없습니다만, 이번을 마지막으로 더는 선거에 나갈 생각도 없으신 모양이었고, 게다가 고향에 집을 한 채 세웠기에 도쿄에는 더 이상 미련도 없으신 듯했고, 고작 고등학교 1학년밖에 되지 않은 저를 위해서 저택과 하인을 두는 것도 쓸모없는 일이라고 생각하셨는지(저는 아버지의 마음 역시 세상 사람들의 마음과 마찬가지로 잘 모르겠습니다.), 여하튼 그 집은 곧 남의 손으로 넘어갔고, 저는 혼고 모리카와쵸의 센유관이라는 낡은 하숙집의 어두컴컴한 방으로 이사를 하고 나서, 금세 돈이 궁해졌습니다.

그때까지는 아버지로부터 매달 정해진 금액의 용돈을 받았는데, 용돈을 이삼일 사이에 다 써도, 담배나 술, 치즈나 과일이 항상 집에 있었고, 책이나 옷가지 같은 모든 것을 언제라도 근처 가게에서 '외상'으로 살 수 있었으며, 호리키에게 소바나 텐동 등을 사 줘도 아버지의 단골집이라면, 아무 말 없이 나와도 상관 없었습니다.

그러던 것이 하숙집에서 혼자 생활하게 되면서, 모든 것을 매달 정해진 만큼의 돈으로 맞춰 써야 했기에 저는 어찌할 바를 몰랐습니다. 보내 준 돈은 아니나 다를까 이삼일 사이에 없어져 버렸고, 저는 두렵고 불안해서 미칠 것 같아, 아버지, 형, 누나들에게 번갈아 가며 돈을 부탁하는 전보와 긴급 편지(그 편지에 쓴 호소의 내용은 모두 우스갯짓으로 꾸민 허구였습니다. 누군가에게 부탁을 하려면, 우선 그 사람을 기쁘게 하는 것이 상책이라고 생각했기 때문입니다.)를 연발하는 한편, 호리키에게 배운 대로, 부지런히 전당포 출입을 시작하였지만, 언제나 돈 문제에서 자유롭지 못했습니다.

결국 저에게는 아무런 연고도 없는 하숙집에서 혼자 '생활'해 갈 능력이 없었던 것입니다. 저는 하숙방에서 혼자 가만히 있는 것이 무섭고, 당장이라도 누군가로부터 습격을 받아 한 대 맞을 것 같은 기분이 들어, 마을로 뛰쳐나가서는 예의 지하 운동 조직의 심부름을 하거나, 혹은 호리키와 함께 싸구려 술을 마시러 돌아다니거나, 하는 바람에 학업도 그림 공부도 포기하고서, 고등학교에 입학해 2년째 되던 11월, 저보다 연상이었던 유부녀와 정사(情死) 사건을 일으켜, 저의 운명은 달라졌습니다.

학교는 결석하고, 학과 공부는 조금도 하지 않았지만, 이상하게도 시험에는 요령이 있어서 그럭저럭 그때까지는 고향에 계신 부모님을 속여 왔습니다만, 슬슬 출석 일수 부족 등, 학교로부터 제가 모르는 사이에 고향에 계신 아버지에게 보고가 들어갔는지, 아버지 대신 큰형이 엄한 문장의 긴 편지를 저에게 보내왔습니다. 하지만 그보다도, 저의 직접적인 고통은 돈이 없다는 것과, 그리고 예의 '운동 임무'가 반쯤 노는 마음으로 해서는 가능하지 않을 정도로 격렬하고 바빠졌다는 것이었습니다. 중앙 지구라고 했는지 무슨 지구라고 했는지, 어찌 되었든 혼고, 고이시카와, 시타야, 간다, 그 주변의 학교 연합 마르크스주의 학생 행동 대장을 제가 맡게 되었습니다. 무장봉기라는 말을 듣고, 작은 나이프를 사서(지금 생각하면 그것은 연필을 깎기에도 부족한 얇은 나이프였습니다.), 그것을 레인코트 주머니에 넣고, 여기저기 뛰어다니며, 소위 '연락'을 했습니다. 술을 마시고 푹 잠들고 싶었지만, 돈이 없었습니다. 게다가 P(당을 그러한 은어로 불렀다고 기억합니다만, 틀렸을지도 모릅니다.) 쪽으로부터는 점차 숨 돌릴 틈도 없을 정도로 임무 의뢰가 내려왔습니다. 저의 병약한 몸으로는 도저히 감당할 수 없을 것 같았습니다. 원래, 비합법적인 것에 대한 흥미만으로 심부름을 하던 것이었는데, 그야말로 농담에서 시작해 진담이 된 듯, 몹시 바빠지자, 저는 속으로 P 쪽 사람들에게 '그건 번지수가 틀렸죠. 당신들의 직계 사람들에게 시키는 게 어떻겠습니까?'라는 부아가 치민 감정을 품지 않을 수 없어서, 도망쳤습니다. 도망치니 역시나 마음이 좋지 않아, 죽기로 했습니다.

그 당시 저에게 특별한 호의를 가지고 있던 여자가 세 명 있었습니다. 한 명은 제가 하숙하고 있던 센유관의 딸이었습니다. 그 딸은 제가 예의 운동 심부름으로 녹초가 되어 돌아와 밥도 먹지 않고 자고 있으면 반드시 편지지와 만년필을 들고 제 방에 찾아와서,

"미안해요. 아래는 여동생이랑 남동생이 시끄럽게 해서 편하게 편지도 쓸 수 없어서요."

라고 말하고는 제 책상에 앉아서 뭔가를 한 시간 이상이나 쓰는 것입니다.

저 또한, 모르는 척하면서 잤으면 됐을 텐데, 아무리 보아도 그 딸이 제가 말을 걸어 주기를 바라는 모양새였기에, 예의 수동적인 봉사 정신을 발휘해서, 정말 한마디도 하고 싶지 않은 기분이었지만, 기진맥진하게 지쳐 있는 몸뚱이에 "윽" 하고 기합을 넣고 배를 깔고 엎드려, 담배를 피우면서,

"여자로부터 온 연애편지를 태워 목욕물을 데운 남자가 있다고 해요."

"어머, 싫다. 당신이죠?"

"우유를 데워서 마신 적은 있어요."

"영광이네요. 많이 마셔요."

이 사람, 어서 안 돌아가나? 편지는 무슨, 빤히 들여다보이는데. 그녀는 헤헤노노모헤지* 따위나 끄적이고 있을 터였습니다.

"좀 보여 줘요."

라고, 죽어도 보고 싶지 않은 마음이지만 그렇게 말하면, "어머 싫어요, 어머 싫어요." 하며 그녀가 기뻐하는 모습이 매우 꼴사나워 흥미가 식었습니다. 그래서 저는 심부름이라도 시키자, 하고 생각한 것입니다.

"미안한데, 전차 길 약국에 가서 칼모틴 좀 사다 주지 않을래? 너무 피곤하고 얼굴이 뜨거워서, 도저히 잠들 수 없어서 그래. 미안해. 돈은……"

"괜찮아요. 돈은."

기쁘게 일어섭니다. 심부름을 시킨다는 것은 결코 여자를 기죽이는 일이 아니며, 오히려 여자는 남자로부터 할 일을 부탁받으면 기뻐한다는 사실도 저는 잘 알고 있었습니다.

다른 한 명은 여자고등사범학교의 문과생으로 소위 '동지'였습니다. 이 사람과는 예의 운동 임무로, 싫어도 매일같이 얼굴을 보지 않으면 안 되었습니다. 회의가 끝나고 나서도 그 여자는 항상 저에게 달라붙어서 걸었고, 그리고 자꾸 저에게 뭔가를 사주는 것이었습니다.

"나를 진짜 누나라고 생각해도 괜찮아."

비위에 거슬리는 그 말에 몸서리치면서 저는,

---

*헤헤노노모헤지 : へへののもへじ. 글자 놀이의 하나로, 히라가나로 헤헤(눈썹), 노노(눈), 모(코), 헤(입), 지(윤곽) 일곱 자로 얼굴을 그리는 놀이.

"그렇게 생각하고 있습니다."

라고 우수 어린 미소를 지어 대답합니다. 어찌 되었든 화나게 하면 무섭다, 어떻게 해서든 얼버무리지 않으면 안 된다, 그런 생각 하나로, 저는 그 못생기고 기분 나쁜 여자에게 더욱더 봉사하고, 뭔가를 사 주면(그 선물은 정말이지 취향이 이상한 물건뿐으로, 저는 대개 그것을 바로 야키토리집 아저씨에게 주었습니다.) 기쁜 듯한 얼굴을 하고, 농담을 해서 웃기게 해 주었습니다. 어느 여름밤, 아무리 해도 그 여자가 떨어지지 않기에, 어두운 곳에서 그 사람이 돌아가 주었으면 하는 마음으로 키스해 주었더니, 불쌍하게도 미친 것처럼 흥분해, 자동차를 불러서, 운동을 위해 비밀리에 빌린 듯한 빌딩의 좁은 사무실에 저를 데려가, 아침까지 큰 소란을 피우는 통에, 어쩔 수 없는 여자라고 몰래 쓴웃음을 지었습니다.

하숙집 딸도, 그 '동지'도, 아무리 해도 매일 얼굴을 마주하지 않으면 안 되는 처지였기에, 지금까지 겪었던 여러 여자들처럼 잘 피할 수 없어서, 그만 오랫동안, 불안한 마음 때문에, 두 사람의 기분을 그저 힘껏 맞추어 주느라 더 이상 저는 어디로 갈 수 없이 묶여 버리고 말았습니다.

비슷한 시기, 또 저는 긴자의 어느 큰 카페 접대부로부터 생각지 못한 은혜를 받았습니다. 단지 한 번 만났을 뿐인데, 그 은혜에 마음이 걸려서 역시나 자유로이 행할 수 없을 정도의 걱정인지, 뭐라 할 수 없는 불안감을 느꼈습니다. 그쯤 되자 저도 굳이 호리키의 안내에 의지하지 않아도, 혼자 전차를 타거나 가부키 극장에 들어갈 수도 있었고, 가스리 기모노*를 입고 카페에 들어갈 수 있을 정도로, 다소 뻔뻔함을 갖추게 되었습니다. 속으로는 변함없이 인간의 자신감과 폭력을 이상히 여기고, 무서워하고, 고민하면서, 겉으로는 조금씩 타인과 진짜 얼굴로서의 인사, 아니, 저는 역시 패배자 같은 우스갯짓에서 나오는 괴로운 웃음 없이는 인사를 할 수 없는 성격이지만, 어쨌든 제정신이 아니라 어쩔 줄 몰라 하는 인사라도 가까스로 할 수 있을 정도의 '기량'을, 예의 운동을 위해 뛰어다닌 덕분인지, 또는 여자? 혹은 술? 그러나 주로 금전적 부자유함 덕분에 체득하기 시작했습니다. 어디에 있어도 무서워서, 오히려 큰 카페에서 많은 취객 또는 접대부나 웨이터들에게 이리저리 밀려서 섞여 있을 수만 있다면, 언제나 쫓기는 듯한 저의 마음도 안정되지 않을까, 하고 10엔을 들고서 긴자의 그 큰 카페에 혼자서 들어가, 웃으며 접대부에게,

"10엔밖에 없으니, 알아서 해 줘요."

하고 말했습니다.

"걱정하지 말아요."

어디선가 간사이** 사투리가 들렸습니다. 그리고 그 한마디가 기묘하게 부들부들 떨고 있던 저의 마음을 진정시켜 주었습니다. 아니요, 돈 걱정이 없어졌기 때문이 아닙니다. 그 사람의 옆에 있는 것으로 걱정이 없어지는 듯한 기분이 들었기 때문입니다.

---

*가스리 기모노 : 규칙적인 무늬가 있는 기모노.
**간사이 : 교토, 오사카, 고베 지역.

저는 술을 마셨습니다. 그 사람에게 안심했기에, 오히려 우스 갯짓을 연기할 기분도 들지 않아, 저의 본성대로 음산한 부분도 숨기지 않고 드러내며, 말없이 술을 마셨습니다.

"이런 것, 좋아하려나?"

여자는 다양한 요리를 제 앞에 놓았습니다. 저는 고개를 저었 습니다.

"술만? 나도 마실래요."

가을날의 추운 밤이었습니다. 저는 쓰네코(라고 불렀다고 기 억하지만, 기억이 희미해져 분명하지는 않습니다. 저는 정사를 감행한 상대의 이름조차 잊어버리는 인간입니다.)가 시킨 대로, 긴자 뒤 어느 포장마차 초밥집에서 맛없는 초밥을 먹으며(그 사 람의 이름은 잊어도, 그때 먹었던 초밥 맛만은 어찌된 일인지 똑 똑히 기억에 남아 있습니다. 그리고 구렁이 같은 얼굴의 대머리 아저씨가 고개를 흔들며, 매우 잘하는 것처럼 얼버무리며 초밥 을 쥐고 있던 모습도 눈앞에 보이듯이 선명하게 기억이 나서, 몇 년 후 전차에서, 글쎄 본 얼굴인데, 하고 이리저리 생각해서, 뭐 야, 그때 초밥집 아저씨와 닮았잖아, 하고 깨닫고는 씁쓸한 웃 음을 지은 적도 세 번쯤 있을 정도였습니다. 그 사람의 이름도, 또한 얼굴 생김새조차 기억에서 멀어진 지금, 그 초밥집 아저씨 의 얼굴만은 그림으로 그릴 수 있을 정도로 정확하게 기억하고 있다는 것은, 역시 어지간히 초밥이 맛없었고, 저에게 추위와 고통을 주었기 때문이라 여겨집니다. 본래 저는 누군가가 맛있 는 초밥을 먹을 수 있다고 해서 따라가 먹어 봐도 맛있다고 느껴 본 적이 한 번도 없었습니다. 초밥이 너무 컸기 때문입니다. 엄지 정도 되는 크기로 정확히 쥐어 줄 수는 없는 걸까, 하고 항상 생각했습니다.) 그 사람을 기다리고 있었습니다.

그 사람은 혼죠에 있는 목수집 2층에 세 들어 살고 있었습니다. 저는 그 2층에서 평소의 침울한 마음을 조금도 감추지 않고, 심한 치통을 앓고 있는 것처럼, 한 손으로 볼을 누르며 차를 마셨습니다. 저의 그러한 자태가 오히려 그 사람에게는 마음에 든 듯했습니다. 그 사람도 몸 주위에 차가운 가을바람이 불어 낙엽만이 미친 듯이 춤을 추고 있는 듯이, 완전히 고독한 느낌이 드는 여자였습니다.

함께 자면서, 그 사람이 저보다 두 살 연상인 것과 고향은 히로시마라는 것, "저에게는 남편이 있어요. 히로시마에서 이발소를 했었어요. 작년 봄에 함께 도쿄로 도망쳐 왔지만, 남편은 도쿄에서 착실하게 일하지 못하고 얼마 지나지 않아 사기죄로 잡혀서 형무소에 있어요. 나는 매일 이것저것 차입하러 형무소를 다니고 있었지만, 내일부터 그만둘 거예요."라는 이야기를 했습니다만, 저는 어찌된 일인지, 여자가 자기 이야기를 하는 것에는 조금도 흥미를 못 느끼는 성질이어서, 그것이 여자의 말솜씨가 별로인 탓인지, 즉 이야기에 무게를 두는 법이 틀린 탓인지, 여하튼 저에게는 언제나 마이동풍과 같았습니다.

쓸쓸하다.

저에게는 여자가 자기 얘기를 백 마디 하는 것보다, 그 한마디의 중얼거림이 공감을 불러일으킨다고 생각했지만, 이 세상 여자들로부터 끝내, 한 번도 그 말을 들어 본 적이 없다는 사실을 기괴하고도 이상하게 여기곤 했습니다. 그러나 그 사람은 입으로는 '쓸쓸하다'고 하지 않았습니다만, 한 치 폭 정도의, 지독한 쓸쓸함을 몸 밖으로 내뿜고 있어서, 그 사람에게 바싹 다가가면 저의 몸도 그 기류에 싸여서, 제가 가지고 있는 삐죽삐죽하고 음울한 기류와 적당히 융합되어, '물속 바위로 가라앉는 마른 잎'과 같이 제 몸은 공포와 불안으로부터 멀어질 수 있었습니다.

백치 같은 매춘부들의 품속에서 안심하고 푹 자는 기분과는 또한 전혀 달라서(무엇보다도 그 창녀들은 명랑했습니다.), 그 사기범의 아내와 지낸 하룻밤은 행복하고(이런 당치도 않은 말을, 아무런 망설임도 없이, 긍정적으로 사용하는 일은 이 수기 안에서 다시는 없을 것입니다.) 해방된 밤이었습니다.

그러나 그저 하룻밤이었습니다. 아침에 눈을 뜨고 벌떡 일어난 저는 원래의 경박하고 가식적인 익살꾼이 되어 있었습니다. 겁쟁이는 행복조차도 두려워하는 것입니다. 솜으로도 상처를 입는 것입니다. 행복에 상처 입는 일도 있습니다. 상처를 입기 전에, 얼른 이대로 헤어지고 싶다고 서두르고, 늘 하던 우스갯짓으로 연막을 쳤습니다.

"돈이 끊어질 때가 연(緣)도 끊어질 때라는 것 말이야, 해석이 반대인거야. 돈이 없어지면 여자에게 차인다는 의미가 아니야. 남자한테 돈이 없어지면, 남자는 그저 저절로 의기소침해지고, 어쩔 수 없게 되어, 웃는 목소리에도 힘이 없어지고, 묘하게 비뚤어져서, 결국에는 될 대로 되라는 식으로 여자를 차 버리게 된다는, 반쯤 미친 상태가 되어, 차고, 차고, 또 찬다는 의미인거야. 『가네자와 대사전』에 의하면 말이야, 안타깝게도 그렇게 되어 있어. 나로서도 그 기분을 알 것 같아."

58

분명히 그런 식으로 바보 같은 말을 해서 쓰네코를 웃게 한 기억이 있습니다. 오래 있어서는 안 된다, 자칫하면 오래 머물게 될 우려가 있다, 하며 얼굴도 씻지 않고 재빨리 돌아왔습니다만, 그때 제가 말한 '돈이 끊어질 때가 연도 끊어질 때'라는 무책임한 발언이 훗날에 의외의 관계를 낳은 것입니다.

그 후로 한 달이 지나도록, 저는 그날 밤의 은인과는 만나지 않았습니다. 헤어지고 나서, 시간이 흐름에 따라, 기쁨은 옅어지고, 잠시 은혜를 입은 것이 도리어 걱정이 되어서, 제 스스로 심한 속박을 느꼈고, 그때 카페에서 계산해야 했던 돈 전부를 쓰네코에게 부담시켜 버렸다는 사소한 일조차 점점 마음에 걸리기 시작해, 쓰네코 또한, 하숙집 딸이나 여자고등사범생과 마찬가지로, 저를 협박하는 여자로만 생각되어, 멀리 떨어져 있는데도 끊임없이 쓰네코가 두려워 떨고 있었습니다. 게다가 저는 함께 잔 적이 있는 여자와 다시 만나게 되면, 그 상대가 갑자기 불같이 화를 낼 것 같은 기분이 들어서, 다시 만나는 것을 몹시 마음 내켜하지 않는 성질이었기에, 점점 더 긴자를 멀리하게 되었습니다. 하지만 그렇게 마음이 내키지 않는 것은 결코 저의 교활함 때문이 아니라, 여자라는 존재가 동침한 일과 아침에 일어나서의 일 사이에 티끌만큼의 연결 고리도 없이, 지난밤을 완전히 망각한 것처럼, 두 세계를 단절시키고 살아가는 이상한 현상을, 아직 잘 이해하지 못했기 때문이었습니다.

11월 말, 저는 호리키와 간다에 있는 어느 포장마차에서 싸구려 술을 마셨습니다. 호리키, 이 못된 친구는 포장마차를 나와서도 다른 곳에 가서 한잔 더 하자고 억지를 부렸습니다. 이미 우리 수중에는 돈이 없었지만, 그래도 마시자고, 마시자고, 끈질기게 달라붙는 것이었습니다. 그때 저는 취해서 대담해져 있기도 했습니다만,

"좋아, 그렇다면 꿈의 나라로 데려가 주지. 놀라지 마, 주지육림(酒池肉林)인……"

"카페야?"

"맞아."

"가자!"

이렇게 되어, 둘이서 전차를 타고, 호리키는 신이 나 떠들면서,

"나 오늘 밤은 여자에게 굶주리고 목말라 있어. 여종업원에게 키스해도 될까?"

저는 호리키가 그렇게 주정 부리는 것을 그다지 좋아하지 않았습니다. 호리키도 그것을 알고 있었기에, 저에게 그렇게 확인한 것이었습니다.

"괜찮아? 키스할래. 내 옆에 앉은 여종업원에게 꼭 키스할 테야. 괜찮지?"

"상관없어."

"고마워! 난 여자에게 굶주리고 목말라 있거든."

긴자 4가에서 내려 소위 주지육림의 그 큰 카페에, 쓰네코를 의지할 밧줄로써 거의 무일푼으로 들어가, 비어 있는 칸막이 좌석에 호리키와 마주 앉자마자, 쓰네코와 다른 한 명의 접대부가 다가와서, 그 다른 한 명의 접대부가 제 옆에, 그리고 쓰네코는 호리키 옆에, 털썩하고 앉았기에, 저는 덜컥했습니다. 쓰네코는

이제 곧 키스당하겠지.

아까운 마음은 아니었습니다. 저에게는 원래 소유욕이라는
것이 적고, 또한 간혹 조금이나마 아까운 기분이 들어도 그 소
유욕을 과감히 주장하고 누군가와 다툴 정도의 기력이 없었습니
다. 후에 저는 제 내연의 처가 능욕당하는 것을 잠자코 보기만
한 적조차 있을 정도입니다.

저는 인간의 다툼에 가능한 관련되고 싶지 않았습니다. 그 소
용돌이로 말려들어 가는 것이 두려웠습니다. 쓰네코와 저는 그
저 하룻밤의 관계였을 뿐입니다. 쓰네코는 제 것이 아닙니다.
아깝다는 우쭐한 욕심을 제가 가질 수 있을 리 없습니다. 하지만
저는 덜컥했습니다.

저의 눈앞에서 호리키에게 맹렬한 키스를 당할 쓰네코의 신
세가 가엽게 여겨졌기 때문입니다. 호리키에게 더렵혀진 쓰네
코는 나와 헤어져야만 할 것이다. 게다가 나에게도 쓰네코를 말
릴 정도의 포지티브한 열기는 없다, 아아, 이제 이것으로 끝인
것이다. 그렇게 쓰네코의 불행에 대해 순간 덜컥하기는 했지만,
바로 저는 물처럼 순순히 포기하고, 호리키와 쓰네코의 얼굴을
번갈아 보며 히죽히죽 웃었습니다.

하지만 사태는 뜻밖에도, 아주 나쁘게 전개되었습니다.

"그만둘래!"

호리키는 입을 일그러뜨리며 말하고는,

"아무리 나라도, 이런 거지 같은 여자하고는……."

질렸다는 듯이 팔짱을 끼고 쓰네코를 빤히 바라보며 쓴웃음
을 짓는 것이었습니다.

"술 좀 줘. 돈은 없어."

저는 작은 목소리로 쓰네코에게 말했습니다. 그야말로, 술독에 빠진 듯 마시고 싶은 기분이었습니다. 소위 속물의 눈으로 보자면, 쓰네코는 주정뱅이가 키스할 가치도 없는, 단지 초라하고 가난뱅이 같은 여자였습니다. 생각지 못하게 청천벽력을 맞은 기분이었습니다. 저는 지금까지 전례가 없을 정도로 계속해서 술을 마셨고, 흔들흔들 취해서 쓰네코와 얼굴을 마주 보고 애처롭게 웃으면서, 정말이지 그렇게 듣고 보니, 이 녀석은 이상하리만큼 지쳐 있고 가난뱅이 같은 여자일 뿐이다, 하는 생각과 동시에, 돈 없는 자들끼리의 친밀감(빈부의 불화는 진부한 것 같아도, 역시 드라마의 영원한 테마 중 하나라고 저는 지금도 생각하고 있습니다만), 그것이, 그 친밀감이 가슴에 북받쳐, 쓰네코가 사랑스러워 보여, 태어나서 처음으로, 제 쪽에서 적극적으로, 미약하지만 사랑의 마음이 움직이는 것에 눈뜨게 되었습니다. 토했습니다. 정신을 잃었습니다. 술을 마시고 이렇게 나 자신을 잃을 정도로 취한 것도 그때가 처음이었습니다.

눈을 떠 보았더니, 베개 맡에 쓰네코가 앉아 있었습니다. 혼죠의 목수집 2층 방에서 잤던 것입니다.

"돈이 끊어질 때가 연도 끊어질 때라고 해서 농담이라고 생각했는데 진심이었나 봐요. 오지 않았던 걸 보니. 복잡한 결말이네요. 내가 벌어다 주어도 안 될까요?"

"안 돼."

그러고 나서 여자도 누웠고, 새벽녘에 여자의 입에서 '죽음'이라는 단어가 처음 나왔습니다. 여자도 인간으로서의 삶에 지쳐 있는 듯했고, 또한 저도 세상에 대한 공포, 성가심, 돈, 조직의 운동, 여자, 학업을 생각하면, 도저히 더 이상 참고 살아갈 수 있을 것 같지 않아, 그 사람의 제안에 가볍게 동의했습니다.

하지만 그때는 아직 진심으로 '죽음'에 대한 각오는 없었습니다. 어딘가에 '장난'이 감추어져 있었습니다.

그날 오전에 우리 둘은 아사쿠사를 방황했습니다. 찻집에 들어가서 우유를 마셨습니다.

"당신이 내 줘."

저는 일어나, 소매에서 지갑을 꺼내 열었는데 동전이 세 닢뿐이었습니다. 부끄러움보다도 처참한 마음이 덮쳐 와, 갑자기 저의 뇌리에 떠오른 것은 센유관에 있는 저의 방, 교복과 이불만 남아 있을 뿐, 더 이상 전당포에 가져갈 만한 것이 하나도 없는 황량한 방이었습니다. 그 외에는 제가 지금 입고 있는 가스리 기모노와 망토뿐으로, 이것이 나의 현실이다, 살아갈 수가 없다, 하고 분명히 깨닫게 되었습니다.

제가 어찌할 바를 몰라 하고 있었기에, 여자도 일어서서 저의 돈 지갑을 들여다보고,

"어머, 고작 그것뿐이야?"

무심한 목소리였습니다만, 이것이 또한 쿵 하고 온몸을 덮칠 정도로 아팠습니다. 처음으로 제가 사랑하는 사람의 목소리였기에 아팠던 것입니다. 동전 세 닢은 애당초 돈이 아닙니다. 그것은 제가 지금까지 한 번도 맛본 적 없는 기묘한 굴욕이었습니다. 도저히 살아갈 수 없는 굴욕이었습니다. 결국 그때까지 저는 아직도 부잣집 도련님이라는 뿌리로부터 벗어나지 못했던 것이겠

지요. 그때 저는 스스로 자진해서 죽자고, 진심으로 결의했습니다.

그날 밤, 우리는 가마쿠라바다로 뛰어들었습니다. 여자는, 이 오비*는 가게 친구한테 빌린 거니까, 하며 오비를 풀어 개어서 바위 위에 두었고, 저도 망토를 벗어 같은 곳에 두고, 함께 물속으로 뛰어들었습니다.

여자는 죽었습니다. 그리고 저는 살았습니다.

제가 고등학교 학생이기도 했고, 또한 제 아버지의 이름이 뉴스가 될 만한 거리가 있었던 것인지, 신문에도 꽤 큰 문제로 언급되었습니다.

저는 해변에 있는 병원에 수용되었습니다. 고향에서 친척 한 명이 부랴부랴 여러 가지 뒤처리를 해 주었고, 고향에 계신 아버지를 비롯해 온 가족이 격분하고 있어서 본가로부터 의절당하게 될지도 모른다고 말하고 돌아갔습니다. 하지만 저는 그런 것보다 죽은 쓰네코가 그리워서, 훌쩍거리며 울고 있을 뿐이었습니다. 정말이지 지금까지 만난 사람들 중에서, 그 가난뱅이 같은 쓰네코만을 좋아했기 때문입니다.

하숙집 딸로부터 단가**를 50수나 쭉 적은 긴 편지가 왔습니다. '살아 줘'라는 이상한 말로 시작하는 단가가 50수였습니다. 또한 저의 병실에 간호사들이 쾌활하게 웃으며 놀러 와서, 저의 손을 꽉 쥐어 주고는 돌아가기도 했습니다.

저의 왼쪽 폐가 고장 났다는 사실이 병원에서 발견되었고, 이

---

*오비 : 일본 옷에서 허리에 두르는 띠.

**단가 : 5·7·5·7·7조의 시.

것이 저에게는 매우 잘된 일이어서, 얼마 안 있어 제가 자살 방조죄라는 죄명으로 병원에서 경찰로 연행되어 갔지만, 경찰에서는 저를 환자로 취급해, 특별히 보호실에 수용되었습니다.

한밤에, 보호실 옆 숙직실에서 자지 않고 당번을 서던 늙은 순사가 사잇문을 살그머니 열고,

"어이!"

라고 저에게 말을 걸고는,

"춥지? 이쪽으로 와. 따뜻해."

라고 말했습니다.

저는 일부러 맥없이 숙직실로 들어가, 의자에 앉고 화로를 쬐었습니다.

"역시나 죽은 여자가 그리운 거지?"

"네."

일부러 기어들어 가는 목소리로 대답했습니다.

"그게 바로 인정(人情)이라는 거야."

그는 점차 거만한 태도를 취했습니다.

"처음 여자와 관계를 가진 곳은 어디야?"

마치 재판관처럼 권위 있는 체하며 묻는 것이었습니다. 그는 제가 어린애라고 깔보고, 가을밤의 따분함을 이겨 보고자, 마치 자기가 조사관 주임이라도 된 듯, 저에게서 외설적인 이야기를 이끌어 내려는 꿍꿍이인 것 같았습니다. 저는 재빠르게 그것을 알아차려, 웃음이 터져 나오는 것을 참느라 애를 먹었습니다. 그런 순사의 '비공식적인 심문'에는 모든 대답을 거부해도 상관없다는 사실을 저도 알고 있었습니다만, 긴 가을밤에 흥을 더하

기 위해, 저는 끝까지 온순하게, 그 순사야말로 조사관 주임이고, 형벌의 경중에 대한 결정도 그 순사의 뜻 하나에 달려 있다, 그렇게 굳게 믿고 의심하지 않는 것처럼, 말하자면 성의를 겉으로 표현하여, 이것저것 알고 싶어 하는 그의 호기심을 조금은 만족시켜 줄 정도로 적당한 '진술'을 했습니다.

"응, 이제 대충 알겠다. 뭐든지 정직히 대답하면 우리 쪽에서도 참작해 줄 거야."

"감사합니다. 잘 부탁드립니다."

거의 신의 경지에 이른 연기였습니다. 저를 위해서는 무엇 하나도 득이 되지 않는 열연이었습니다.

날이 밝고, 저는 서장에게 불려 갔습니다. 이번은 제대로 된 조사였습니다.

문을 열고 서장실에 들어가자마자,

"그래, 잘생겼구나. 이건 네 잘못이 아니야. 이렇게 잘생긴 남자를 낳은 너의 어머니가 나쁜 거지."

피부색이 거무스름하고 대학을 갓 졸업한 듯한, 젊은 서장이었습니다. 갑자기 그런 말을 듣자, 저는 얼굴 반쪽 가득히 붉은 반점이라도 있는 듯, 흉측한 불구자가 된 듯, 참담한 기분이 들었습니다.

유도 선수, 혹은 검도 선수 같은 이 서장의 조사는 정말이지 간단해서, 한밤중에 받은 늙은 순사의 은밀하고 집요하기 짝이 없는, 호색스러운 '조사'와는 하늘과 땅 차이였습니다. 심문이 끝나고 서장은 검사국으로 보낼 서류를 적으면서,

"몸을 건강히 하지 않으면 안 돼. 혈담이 나온다잖아."

하고 말했습니다.

그날 아침, 갑자기 기침이 나와서, 저는 기침이 나올 때마다 손수건으로 입을 가렸는데, 그 손수건에 붉은 싸락눈이 내린 것 같은 피가 묻어 나온 것입니다. 하지만 그것은 목에서 나온 피가 아니라, 전날 밤 귀밑에 생긴 작은 종기를 만져서 그 종기에서 나온 피였습니다. 하지만 저는 그 사실을 밝히지 않는 편이 유리할 거라는 느낌이 문득 들었기에, 그저,

"네."

라고, 시선을 아래로 내리깔고, 기특하게 대답해 두었습니다.

서장은 서류를 다 쓰고,

"기소될지 어떨지는 검사가 정하는 것이지만, 너의 신원 인수자에게 전보나 전화로 오늘 요코하마 검사국으로 와 달라고 부탁하는 게 나을 거다. 누군가 있지? 너의 보호자라든지 보증인 말이야."

아버지의 도쿄 별장에 자주 오갔던 서양화 골동상인 시부타라는, 우리와 동향이고 아버지의 아첨꾼 같은 역할을 하고 있던, 키가 작고 독신에 마흔 가량의 남자가 저의 학교 보증인으로 되어 있다는 것이 떠올랐습니다. 그 남자의 얼굴이, 특히 눈매가 넙치와 닮았기에 아버지는 언제나 그 남자를 '넙치'라고 불렀고, 저도 그렇게 부르는 게 익숙했습니다.

저는 경찰 전화번호부를 빌려서, 넙치네 집 전화번호를 찾아내고, 넙치에게 전화해서, 요코하마 검사국으로 와 달라고 부탁했더니, 넙치는 사람이 바뀐 것처럼 으스대는 말투였지만, 그래도 어찌 되었든 수락해 주었습니다.

"어이, 그 전화기, 바로 소독하는 게 좋을 거야. 혈담이 나온 다니까."

제가 다시 보호실로 돌아가고 나서, 순사들에게 그렇게 지시한 서장의 큰 목소리가 보호실에 앉아 있는 제 귀까지 들렸습니다.

낮이 지나자, 저는 가는 삼밧줄로 몸이 묶였고, 그것은 망토로 감추는 것이 허락되었습니다. 그 삼밧줄 끝을 젊은 순사가 단단히 잡고서, 둘이 함께 전차를 타고 요코하마로 향했습니다.

그러나 저에게는 조금의 불안도 없었고, 그 경찰 보호실도, 늙은 순사도 그리워서, 아아, 저는 어째서 이런 걸까요, 죄인으로서 묶여 있으면 오히려 마음이 놓여서, 그래서 평안히 안정되어, 그때의 기억을 지금 쓰는데도, 정말이지 평온하고 즐거운 기분이 듭니다.

하지만 그 시기, 그리운 추억 중에서도, 단 하나, 식은땀을 서 말이나 흘렸던, 평생 잊을 수 없는 비참한 실패가 있었습니다. 저는 검사국의 어두컴컴한 방에서, 검사로부터 간단한 조사를 받았습니다. 검사는 사십 세 전후로 차분하고(혹여 제가 잘생겼다고 해도 그건 말하자면 부정하고 음탕한 잘생김이지만, 그 검사의 얼굴은 바르게 잘생겼다고 말하고 싶을 정도로, 총명하고 평온한 느낌이 있었습니다.) 좀스럽지 않은 성품인 듯했기에, 저는 아무런 경계도 하지 않고 멍하니 진술했습니다만, 갑자기 예의 기침이 나와서, 저는 소매에서 손수건을 꺼내, 갑자기 그 피를 보자, 이 기침이 또 다시 조금은 도움이 되지 않을까 하는 한심스러운 술수로, 쿨럭쿨럭하고 두 번 정도 가짜 기침을 과장

되게 더해서, 손수건으로 입을 가린 채 검사의 얼굴을 흘낏 본 그 순간,

"진짜인가?"

침착한 미소였습니다. 식은땀 서 말이……, 아니, 지금 생각해도 어디론가 뛰어 도망치고 싶어집니다. 중학교 시절에 그 바보 같은 다케이치가 '일부러 그랬지? 일부러.'라고 말해 지옥에 떨어지는 것 같았던, 그때의 기분 이상이라고 말해도 결코 과언이 아니었습니다. 그때와 이때, 이 두 번이 제 생애에 있어 연기에 크게 실패한 날이었습니다. 검사의 그런 차분한 경멸과 마주하기보다는, 차라리 10년 형을 선고받는 편이 낫다고 생각하곤 했습니다.

저는 기소 유예가 되었습니다. 하지만 조금도 기쁘지 않았고, 몹시 비참한 기분으로, 검사국 대기실 벤치에 앉아서, 인수인 넙치가 오기를 기다렸습니다.

등 뒤의 큰 창으로 저녁노을이 내린 하늘이 보였고, 갈매기가 '계집 녀(女)' 자 같은 모양으로 날아갔습니다.

세 번째 수기

1

다케이치의 예언 중 하나는 맞았고 하나는 빗나갔습니다. 여자들이 반할 거라는 명예롭지 않은 예언은 적중했습니다만, 틀림없이 대단한 화가가 될 거라는 축복의 예언은 빗나갔습니다.

저는 간신히, 조악(粗惡)한 잡지의 서툰 무명 만화가가 될 수 있었을 뿐입니다.

가마쿠라 사건으로 인해 고등학교에서 쫓겨나서, 저는 넙치의 집 2층의 다다미 세 장* 정도 되는 방에 기거하게 됐습니다. 매달 정해진 적은 돈이 고향으로부터, 제게 직접 오지 않고, 넙치 편으로 몰래 보내는 모양새였지만(게다가 그 돈은 고향에 있는 형들이 아버지에게는 숨기고 보낸 듯했습니다.) 그것뿐, 그외에 고향과의 관계는 완전히 끊어져 버렸습니다. 그리고 넙치는 언제나 기분이 언짢아서, 제가 비위를 맞춰 주려고 웃어도 웃

─────────
*다다미 세 장 : 다다미 한 장은 약 반 평의 넓이.

지 않았습니다. 인간이라는 것이 이렇게도 간단히, 그야말로 손바닥 뒤집듯이 변할 수 있는 것인지, 한심스럽고, 아니, 오히려 우습다고 생각될 정도로 심하게 변해서, 그는

"나가면 안 돼요. 어쨌든 나가지 마세요."

라는 말만 했습니다.

넙치는 제가 자살할 우려가 있다고 믿는 듯이, 즉 여자 꽁무니를 따라 다시 바다로 뛰어들 위험이 있다고 판단한 듯이, 저의 외출을 엄하게 금지했습니다. 하지만 술도 마실 수 없고 담배도 피울 수 없고, 그저, 아침부터 밤까지 2층 다다미 세 장짜리 방 안의 고타츠*에 기어들어 가, 오래된 잡지 따위를 읽으며 바보와 다를 것 없는 생활을 하는 저는 자살할 기력조차도 잃어버렸습니다.

넙치의 집은 오오쿠보에 있는 의학 전문학교 근처에 있었는데, 서양화 골동상 청룡원이라고, 간판 글씨만은 상당히 의기양양했지만, 한 건물을 두 집이 나누어 쓰고, 그 한 곳의 좁은 가게 안은 먼지투성이로, 어지간한 잡동사니들만 놓여 있었는데 (하지만 넙치는 그 가게에 있는 잡동사니로 장사를 하는 것이 아니라, 어느 손님이 간직한 물건을 다른 손님에게 소유권을 양도할 경우에 중개 역할을 해서 돈을 버는 듯했습니다.), 가게에 앉아 있는 일은 거의 없고 대개 아침부터 난감한 얼굴을 하고는 허둥지둥 외출하였습니다. 집을 비우면 가게에는 열일고여덟 살 정도 되어 보이는 나이 어린 점원 한 명뿐으로, 이 아이는 저를

---

*고타츠 : 나무 틀 안에 화로를 넣고 그 위에 이불 등을 씌운 일본의 난방 기구.

감시한다는 이유로 시간만 있으면 근처 아이들과 밖에서 캐치볼이나 하면서, 2층에 있는 식객을 마치 바보나 미치광이 정도로 생각하는 듯, 저에게 어른 같은 설교까지 늘어놓았습니다. 저는 다른 사람과 말다툼할 수 없는 성격이었기에 지치고 질린 듯한 얼굴을 하면서도 그의 말에 귀 기울이고 복종했습니다. 이 점원 아이는 시부타의 숨겨 놓은 자식이었는데, 이상한 사정이 있어 친자식으로 이름을 올리지도 않았고, 또한 시부타가 계속 독신인 것도 무엇인지 그것과 관련된 이유가 있는 듯했는데, 예전에 저희 집안사람들로부터 그에 관한 소문을 살짝 들은 것 같긴 하지만, 저는 아무리 해도 다른 사람의 사생활에는 그다지 흥미가 가지 않았기에 깊은 사정은 알지 못합니다. 하지만 그 아이의 눈빛에도 묘하게 생선의 눈을 연상시키는 부분이 있었기에, 혹시 정말로 넙치의 숨겨 놓은 자식……, 하지만 그런 것이라면, 그 두 사람은 정말이지 쓸쓸한 부자지간입니다. 밤늦게, 2층에 있는 저에게는 비밀로 하고, 둘이서 소바 같은 것을 주문해서 말없이 먹은 일도 있습니다.

넙치 집에서 식사는 항상 그 아이가 마련했는데, 2층의 성가신 사람의 식사만은 따로 밥상에 올려 하루에 세 번씩 가지고 왔고, 넙치와 어린 점원은 계단 아래 눅눅한 다다미 네 장 반 되는 방에서 무엇인가 달그락달그락 접시 그릇들이 서로 부딪히는 소리를 내면서, 바쁜 듯이 식사를 했습니다.

3월 말 어느 저녁, 넙치는 생각지도 못한 돈벌이라도 있었는지, 또는 뭔가 다른 꿍꿍이라도 있는 것인지(그 두 가지 추측이 모두 맞았다고 해도, 아마도 더 많은, 저로서는 조금도 추측할 수 없는 작은 원인도 있었겠지만), 별스럽게 저를 아래층에 술까지 차린 식탁으로 불러서, 넙치가 아닌 참치회로, 초대한 사람이 스스로 감격해서 칭찬하고는, 멍하게 있는 식객에게도 술을 조금 권했습니다.

"어떻게 할 생각입니까? 지금부터."

저는 그 물음에 대답하지 않고, 식탁 위에 있는 접시에서 멸치 포를 집어 들고, 그 작은 생선들의 은빛 눈알을 바라보고 있자니, 살짝 취기가 올라오면서, 놀러 돌아다니던 때와 호리키까지 그리워져서, 절실히 '자유'에 목말라, 갑자기 연약하게도 눈물이 날 것 같았습니다.

이 집으로 오고 나서는 우스운 연기를 할 마음조차 없어서, 단지 넙치와 어린 점원의 멸시 속에 몸을 누이고, 넙치 쪽에서도 저와 마음을 터놓고 긴 이야기를 하는 것을 피하는 모양새였고, 저 역시 넙치를 쫓아다니며 뭔가를 호소할 기분도 들지 않아, 저는 거의 얼간이 같은 식객이 되었던 것입니다.

"기소 유예라는 것은 전과 몇 범이라든가 그렇게는 되지 않는 모양입니다. 그러니까 자, 보십시오. 당신의 마음가짐 하나로 갱생이 가능하다는 겁니다. 혹여 당신이 뉘우치고 당신 쪽에서 진지하게 저에게 상담하려고 한다면, 저도 생각해 보겠습니다."

넙치의 말투에는, 아니, 세상 모든 사람들의 말투에는 이와 같이 복잡하고, 어딘가 분명치 않으며, 책임을 피하려는 듯한 미묘한 부분이 있는 듯합니다. 대부분이 무익하다고 생각될 정도로 엄중한 경계와 끝이 없을 정도로 성가신 흥정에 저는 항상 당혹스럽고 될 대로 되라는 식이 되어서, 우스갯짓으로 얼버무리거나 또는 말없이 수긍하고 모두 맡겨 버리는, 소위 패배자의 태도를 취해 버리는 것입니다.

이때도 넙치가 저에게 처음부터 다음과 같이 간단히 보고했다면 그것으로 끝날 일이었을 것을 저는 훗날에 이르러 알게 되었고, 넙치의 불필요한 주의, 아니, 세상 사람들의 이해할 수 없는 겉치레와 체면에 무엇인지 음울한 기분을 느꼈습니다.

넙치는 그때, 그저 이렇게 말했으면 좋았을 뻔했습니다.

"공립이든 사립이든, 어쨌든 4월부터 아무 학교라도 들어가세요. 당신 생활비는 학교에 들어가면 고향에서 좀 더, 충분히 보내오기로 되어 있어요."

한참이 지난 후에 알게 되었습니다만, 사실은 그러기로 되어 있던 것이었습니다. 그렇다면 저도 그 말에 따랐겠지요. 그런데 넙치가 몹시도 조심스럽게 돌려 말한 탓에, 이상하게 뒤틀려서, 제가 살아가게 된 방향도 완전히 바뀌어 버린 것입니다.

"진지하게 저에게 상담해 올 생각이 없다면, 어쩔 도리가 없습니다만."

"어떤 상담이요?"

저로서는 정말이지 그 무엇도 짐작이 가지 않았습니다.

"그건 당신 마음속에 있겠지요."

"예를 들면요?"

"예를 들면이라니, 당신 스스로 이제부터 어떻게 할 생각입니까?"

"일하는 편이 좋을까요?"

"아니, 당신 마음은 도대체 어떻습니까?"

"하지만 학교에 들어가라고 말씀하셔도……"

"거기에는 돈이 필요합니다. 하지만 문제는 돈이 아닙니다. 당신의 마음입니다."

돈은 고향에서 보내오기로 되어 있다고, 어째서 한마디도 말하지 않았던 것일까요. 그 한마디라면 저의 마음도 정해졌을 텐데, 저에게는 그저 오리무중이었습니다.

"어떻습니까? 뭔가 장래 희망이라고 할 것이 있습니까? 정말이지 누군가를 보살핀다는 게 얼마나 어려운 일인지, 보살핌을 받는 사람은 모를 겁니다."

"죄송합니다."

"그건 정말이지 마음이 쓰이는 일이에요. 저도 일단 당신을 돌보기로 한 이상, 당신이 어중간한 마음으로 지내게 하고 싶지 않습니다. 훌륭하게 갱생의 길을 걷겠다는 각오 정도는 보고 싶습니다. 예를 들면, 당신의 장래 계획에 대해 저에게 진지하게 상담을 청한다면, 응할 생각입니다. 그것은 어차피 이렇게 가난한 넙치의 원조이기에, 예전과 같은 사치스러움을 바란다면 잘못 생각하는 것입니다. 하지만 당신 마음이 확실히 정해지고, 장래 계획을 분명히 세워서 저에게 상담한다면, 저는 설령 조금씩이라도, 당신의 갱생을 도울 수 있다고 생각합니다. 알겠습니까, 저의 마음을? 도대체 당신은 앞으로 어떻게 할 생각인 겁니까?"

"여기 2층에 있을 수 없게 된다면, 일을 해서……"

"진심으로 그렇게 말하는 겁니까? 지금 같은 세상은, 설령 제국대학교를 나오더라도……"

"아니요, 샐러리맨이 되겠다는 말은 아닙니다."

"그렇다면 무엇입니까?"

"화가입니다."

과감히 그것을 말했습니다.

"뭐라고요?"

저는 그때 목을 움츠리고 웃던 넙치의 얼굴에 비친 그 교활한 그림자를 잊을 수 없습니다. 경멸의 그림자와도 닮았지만 또 다르고, 세상을 바다로 비유하자면 그 바다의 헤아릴 수 없이 깊은 곳에 그런 기묘한 그림자가 흔들리고 있을 것 같은, 뭔가 어른의 생활 깊은 곳을 슬쩍 드러낸 듯한 웃음이었습니다.

그런 걸로는 이야기도 뭐도 안 된다, 조금도 마음을 확실히 하고 있지 않다, 생각해 봐라, 오늘 하룻밤 진지하게 생각해 봐라, 하고 말해서, 저는 쫓기듯 2층으로 올라가 누웠지만, 딱히 아무런 생각도 떠오르지 않았습니다. 그래서 동틀 녘이 되자마자, 넙치네 집에서 도망쳤습니다.

저녁에 반드시 돌아오겠습니다. 아래에 써 놓은 친구가 있는 곳에 장래 계획에 대해 상담하러 다녀오겠으니 걱정하지 마시길. 진심으로.

종이에 그렇게 연필로 크게 쓰고, 그 밑에 아사쿠사에 있는 호리키 마사오의 주소와 이름을 써넣고 몰래 넙치네 집을 나왔습니다.

넙치에게 설교를 들은 것이 분해서 도망친 것은 아니었습니다. 정말로 저는 넙치가 말한 대로, 마음을 분명히 하고 있지 않은 남자이고, 장래 계획이고 뭐고 저로서는 전혀 알 수 없어서,

더 이상 넙치네 집에서 신세 지는 것이 넙치에게도 미안하고, 혹여 얼마 지나지 않아 저에게도 열심히 할 마음이 생겨서 뜻을 세웠다고 해 보았자, 그 갱생 자금을 가난한 넙치에게 매달 원조받게 된다고 생각하니, 너무나 미안해서 어찌할 수 없는 마음이 되었기 때문이었습니다.

하지만 저는 소위 '장래 계획'을 호리키 따위에게 상담하려고 넙치네 집을 나온 것은 아니었습니다. 그것은 그저, 잠깐만이라도, 넙치를 안심시키기 위해서(그러는 사이 제가 조금이라도 멀리 도망치기 위한 탐정소설 같은 책략에서 그런 편지를 썼다기보다는, 아니 그런 기분도 조금은 있었지만, 그보다도 갑자기 넙치에게 쇼크를 주어, 그를 혼란스럽고 당혹스럽게 하는 것이 무서웠던 탓이라고 하는 편이 조금 더 정확할지도 모르겠습니다. 어차피 밝혀질 것이 틀림없는 데도 사실대로 말하는 것이 무서웠고, 반드시 무엇이라도 덧붙이는 것이 저의 애처로운 버릇 중 하나이기 때문입니다. 그 버릇은 세상 사람들이 '거짓말쟁이'라고 부르며 경멸하는 성격과 비슷하지만, 저는 이익을 얻기 위해 그런 일을 한 적은 거의 없고, 단지 분위기가 깨져서 한순간에 변하는 것이 질식할 만큼 두려워서, 나중에 저에게 불이익이 되리라는 것을 알고 있으면서도, 예의 '필사적인 봉사'가 설령 삐뚤어지고 미약하며 바보 같은 짓일지라도, 그런 봉사의 마음으로 그만 한마디를 덧붙이게 되는 경우가 많았던 것 같습니다. 하지만 이 습성 또한 세상의 소위 '정직한 자'들로부터 상당히 이용된 점도 있습니다.), 그때 갑자기 기억 한구석에서 떠오른 대로 호리키의 주소와 이름을 종이 끝에 써 놓았을 뿐입니다.

넘치네 집을 나와 신주쿠까지 걸어, 가지고 있던 책을 팔고 나니, 아니나 다를까 어찌해야 할지 몰랐습니다. 저는 누구에게 나 붙임성이 좋았지만 '우정'이라는 것이 어떤 것인지 한 번도 실감한 적이 없었습니다. 호리키처럼 '놀기 위한 친구'를 제외한 모든 사귐은 단지 고통스러울 뿐이었습니다. 그 고통을 줄여 보고자 힘껏 우스갯짓을 하면 도리어 녹초가 되어, 그나마 알고 있던 몇 사람들의 얼굴이나 그들과 닮은 얼굴을 길거리에서 보게 되면 깜짝 놀라, 갑자기 현기증이 날 정도로 불쾌한 떨림에 휩싸였고, 사람들이 좋아해 줄 법한 일은 알고 있어도 누군가를 사랑하는 능력에 있어서는 결여된 부분이 있는 것 같았습니다(하기야 저는 세상 사람들 역시 정말로 '사랑'할 능력이 있는지 몹시 의문을 품고 있습니다.). 그러한 저에게 소위 말하는 '친한 친구' 가 생길 리 없었고, 게다가 저에게는 누군가를 '방문'하는 능력조차 없었습니다. 다른 사람의 집 문이 저에게는 『신곡』에 나오는 지옥문 이상으로 기분 나빴고, 그 문의 구석에는 무서운 용처럼 피비린내 나는 괴수가 꿈틀거리고 있을 것 같은 느낌을, 과장이 아니라 실감하고 있었습니다.

누구와도 사귐이 없다. 어디로도 찾아갈 수 없다.

호리키.

그것이야말로 농담이 진짜가 된 형국이었습니다. 그 편지에 쓴 대로 저는 아사쿠사에 있는 호리키를 찾아가기로 했습니다. 저는 지금까지 제가 먼저 호리키의 집을 찾아간 적은 한 번도 없었고, 거의 전보를 쳐 호리키가 제 쪽으로 오도록 불렀습니다만, 지금은 그 전보를 칠 돈조차 부족하였고, 게다가 보잘것없어진 제 쪽에서 전보를 치는 것만으로는 호리키가 오지 않을지도 모른다고 생각했기에, 다른 것보다도 제가 힘들어하는 '방문'을 하기로 결심하고, 한숨을 쉬며 전차를 타고, 나에게 이 세상에서 의지할 만한 단 하나의 밧줄이 그 호리키였던가, 하고 생각하니 뭔가 등줄기가 서늘해지는 듯한 기막힌 기분이 들었습니다.

호리키는 집에 있었습니다. 더러운 길 구석에 있는 이층집으로, 호리키는 2층의 다다미 여섯 장짜리 방 하나를 쓰고 있었고 아래층에는 호리키의 늙은 부모님과 젊은 직원 세 명이 게다*를 만드느라 끈을 바느질하거나 두드리고 있었습니다.

호리키는 그날, 도시 사람으로서의 새로운 면을 저에게 보여주었습니다. 그것은 흔히 말하는 약삭빠름이었습니다. 시골 사람인 저는 깜짝 놀라 눈을 크게 뜰 정도로, 차갑고, 교활한 에고이즘이었습니다. 저처럼, 그저 끝도 없이 흘러가는 성질의 남자는 아니었습니다.

"너한테는 완전히 질렸어. 아버님께 용서받았니? 아직이야?"

도망쳐 왔다고는 말할 수 없었습니다.

저는 여느 때와 마찬가지로, 얼버무렸습니다. 머지않아 곧 호리키에게 들킬 것이 틀림없는데도 말입니다.

"그건 어떻게든 될 거야."

"이봐, 웃을 일이 아니야. 충고하겠는데, 바보 놀음도 이쯤에서 그만둬. 나 오늘은 일이 있어. 요즘 몹시 바빠."

"일이라니, 어떤?"

---

*게다 : 일본 나막신.

"이봐, 이봐, 방석 실 좀 끊지 마."

저는 이야기를 하면서 제가 깔고 있던 방석을 꿰맨 실이라고 할지, 노끈이라고 해야 할지, 네 귀퉁이에 달린 장식 술과 같은 실 하나를 무의식적으로 손가락 끝으로 가지고 놀며, 쭉 당기거나 했습니다. 호리키는 자기 집 물건이라면 방석의 실 한 가닥도 아까운 듯, 부끄러운 기색도 없이, 그야말로 눈에 쌍심지를 켜고, 저를 나무랐습니다. 생각해 보면 호리키는 지금까지 저와의 관계에서 무엇 하나 잃지 않았습니다.

호리키의 노모가 단팥죽 두 그릇을 쟁반에 받쳐 가지고 오셨습니다.

"아니, 이건."

하고 호리키는 진정으로 효자같이 늙은 어미를 향해 죄송스러워하며, 부자연스러울 정도로 공손한 말투로,

"죄송합니다, 단팥죽입니까? 굉장하네요. 이렇게 마음 쓰시지 않아도 되는데요. 일이 있어서 바로 나가지 않으면 안 돼서요. 하지만 모처럼 해 주신 단팥죽인데, 아깝기도 하니, 잘 먹겠습니다. 너도 한 그릇 어때? 어머니가 일부러 만들어 주셨어. 아, 이거 맛있어. 굉장해."

하며, 결코 연기라고만은 할 수 없을 듯, 매우 기뻐하며 맛있게 먹는 것입니다. 저도 그것을 먹었습니다만, 목욕탕 냄새가 나고, 그리고 새알심을 먹었더니 그건 새알심이 아니라, 저로서는 정체를 알 수 없는 것이었습니다. 결코 그 가난함을 경멸하는 것이 아닙니다(저는 그때 그것이 맛없다고는 생각하지 않았고, 또한 늙은 어머니가 정성을 들여 만드셨다는 것도 절실히 느꼈습

니다. 저에게는 가난함을 향한 공포는 있어도, 경멸은 없었습니다.). 그 단팥죽과 그리고 그것을 기뻐하는 호리키를 통해, 저는 도시인의 검소한 본성, 또한 안팎을 확실히 구별해서 살아가는 도쿄 사람들 가정의 실체를 보게 되어, 안도 밖도 구별 없이, 그저 끊임없이 인간 생활로부터 도망칠 뿐인 바보 같은 저 혼자만 완전히 뒤처져서, 호리키에게조차 버려진 듯한 기분이 들어, 당황스럽고, 옻칠이 벗겨진 젓가락을 다루면서, 견딜 수 없이 초라한 기분을 느꼈다는 사실만 기록해 두고 싶을 뿐입니다.

"미안한데, 나 오늘은 볼일이 좀 있어서."

호리키는 일어나 외투를 걸치며 그렇게 말하고는,

"여기까지 하자, 미안하지만."

그때 호리키에게 여자 손님이 찾아와서, 저의 상황도 급변했습니다.

호리키는 갑자기 활기를 띠며,

"아, 미안해요. 지금 당신한테 가려고 했는데, 이 사람이 갑자기 찾아와서, 아니, 상관없습니다. 자, 들어오세요."

호리키는 어지간히 당황했는지, 제가 깔고 있던 방석을 빼서 뒤집어 내민 것을 낚아채고는 다시 뒤집어 그 여자에게 권했습니다. 방에는 호리키의 방석 말고는 손님 방석이 단 하나 밖에 없었던 것입니다.

여자는 마르고 키가 큰 사람이었습니다. 여자는 그 방석을 옆으로 밀어 놓고, 입구 근처 한쪽 구석에 앉았습니다.

저는 멍하니 두 사람의 대화를 들었습니다. 여자는 잡지사 사람인 듯했고 호리키에게 삽화인지 뭔지를 부탁했던 듯, 그것을 받으러 온 상황이었습니다.

"서둘러야 해서요."

"완성되었습니다. 이미 전부터 완성되었어요. 이겁니다. 보세요."

그때 전보가 왔습니다.

호리키가 그것을 읽고는 기분 좋았던 그 얼굴이 순식간에 험악해져서,

"쳇! 너, 이거 어떻게 된 거야?"

넙치로부터 온 전보였습니다.

"어쨌든 바로 돌아가. 널 데려다 주고 싶지만 그럴 시간이 없어. 가출한 주제에 그렇게 태평스러운 낯짝이라니."

"댁이 어디신데요?"

"오오쿠보입니다."

갑자기 대답해 버렸습니다.

"그렇다면, 회사 근처이니."

여자는 고슈 출신으로 스물여덟 살이었습니다. 다섯 살 된 여자 아이와 함께 고엔지에 있는 아파트에 살고 있었습니다. 남편과는 사별하고 3년이 된다고 했습니다.

"당신은 꽤나 고생하며 자란 사람 같네요. 눈치가 빠른 걸 보니, 불쌍하게도."

처음으로 정부(情夫)와 같은 생활을 했습니다. 시즈코(라는 것이 그 여기자의 이름이었습니다.)가 신주쿠에 있는 잡지사에 일하러 나가면, 저는 시게코라고 하는 다섯 살 여자아이와 둘이서 얌전하게 집을 지키게 되었습니다. 지금까지 시게코는 엄마가

집을 비울 때에 아파트 관리인 방에서 논 듯했습니다만, '눈치 빠른' 아저씨가 놀이 상대로 나타났기에, 매우 기분이 좋은 듯했습니다.

일주일 정도 멍하니, 저는 그곳에 있었습니다. 아파트 창문 바로 근처 전선에 연이 하나 엉켜서 봄의 먼지 바람에 날려 찢어지고, 그래도 어지간히 끈질기게 전선에 휘감겨 떨어지지 않고 있었습니다. 고개를 끄덕이는 듯했기에, 저는 그 연을 볼 때마다 씁쓸한 웃음이 났고, 얼굴을 붉히며 꿈까지 꿔 가위에 눌렸습니다.

"돈이 필요해."

"얼마 정도?"

"많이……, 돈이 끊어질 때가 연도 끊어질 때라는 말은 진짜야."

"바보 같아. 그런 촌스러운……"

"그래? 하지만 당신은 모를 거야. 이대로라면, 난 도망칠지도 몰라."

"도대체 어느 쪽이 가난한 거야. 그리고 어느 쪽이 도망친다는 거야. 이상하네."

"내가 벌어서, 그 돈으로 술, 아니 담배를 사고 싶어. 그림이라면 내가 호리키 따위보다 훨씬 낫다고 생각해."

이때 저의 뇌리에 자연스럽게 떠오른 것은, 중학교 시절에 그린, 다케이치가 말한 '도깨비'로, 몇 장의 자화상이었습니다. 잃어버린 걸작. 그것은 수차례 이사하는 동안 잃어버렸습니다만, 그것만큼은 분명히 뛰어난 그림이었다는 생각이 듭니다. 그 후,

이렇게 저렇게 그려 보아도 그 추억 속의 걸작에는 훨씬 미치지 못했기에, 저는 항상 마음이 텅 빈 것처럼, 나른한 상실감에 괴로워했습니다.

마시고 남긴 한 잔의 압생트*.

저는 영원히 메우지 못할 것 같은 그 상실감을 남몰래 그렇게 표현하고 있었습니다. 그림 이야기가 나오면, 제 눈앞에 마시고 남긴 한 잔의 압생트가 아른거려서, 아, 그 그림을 이 사람에게 보여 주고 싶다, 그리고 나의 재능을 믿게 하고 싶다, 하는 초조함에 몸부림쳤습니다.

"후후, 왜일까. 네가 진지한 얼굴을 하고 농담을 하니까 귀여워."

농담이 아니다, 진짜다, 아, 그 그림을 보여 주고 싶다, 하며 헛된 번민을 하다가, 갑자기 마음이 바뀌어서 체념하고는,

"만화. 적어도 만화라면 호리키보다는 잘 그리는 편이야."

그 얼버무리는 바보스러운 말이 오히려 진지하게 먹혔습니다.

"맞아. 나도 실은 놀랐어. 시게코에게 항상 그려 주는 만화 말이야, 그만 나도 웃음이 터져 버렸어. 해 보면 어때? 우리 회사 편집장에게 부탁해 볼게."

그 회사에서는 어린이를 상대로 그다지 이름이 알려지지 않은 월간지를 발행하고 있었습니다.

당신을 보고 있노라면 대부분의 여자들은 뭐라도 해 주고 싶어서 안달이 나고 말아……, 항상 흠칫흠칫하고, 그런데도 유머

---

*압생트 : 쑥의 꽃이나 잎으로 맛을 낸 도수가 강한 녹색 술.

러스하니까……. 이따금, 혼자 심하게 침울해지긴 하지만, 그 모습이 더욱더 여자의 마음을 움직이게 해.

시즈코로부터 그 외에도 여러 가지 말을 듣고 치켜세워져도, 그것이 즉 정부의 역겨운 특징이라고 생각하면, 그야말로 점점 더 '침울해 질' 뿐이고, 조금도 힘이 나지 않았습니다. 여자보다는 돈, 어쨌든 시즈코로부터 벗어나 자립하고 싶다고 몰래 마음먹고, 고민하고 있기는 하나, 오히려 점점 더 시즈코에게 의지할 수밖에 없어져서, 가출한 후의 뒤처리며 뭐며 거의 전부다 여장부인 고슈 여자의 도움을 받았기에, 저는 더욱더 시즈코에게 '흠칫'거리기만 했습니다.

시즈코의 조치로 넙치와 호리키 그리고 시즈코, 이 세 사람의 대화가 이루어져서 저는 고향으로부터 완전히 절연을 당하게 되었고, 시즈코와는 '하늘에 한 점 부끄러움 없이' 동거를 하게 되었습니다. 또한 시즈코의 노력 덕분에 제 만화도 예상 외로 돈벌이가 되어, 저는 그 돈으로 술도 담배도 사게 되었습니다만, 저의 불안함과 우울함은 더욱더 심해질 뿐이었습니다. 그야말로 '침울'하고 '침울'해져서 시즈코의 잡지에 매달 연재하는 만화 「간타 씨와 오타 씨의 모험」을 그리고 있노라면, 갑자기 고향집이 생각나서, 극도의 쓸쓸함이 밀려와 펜을 움직일 수 없게 되어, 고개를 숙여 눈물을 흘린 적도 있습니다.

그러한 저에게 있어 자그마한 구원은 시게코였습니다. 시게코는 그쯤이 되자 저를 아무 거리낌 없이 '아빠'라고 불렀습니다.

"아빠, 기도하면 하느님이 뭐든지 주신다고 하는데 진짜야?"

저야말로 기도하고 싶었습니다.

아아, 저에게 차가운 의지를 주시기를. 저에게 '인간'의 본질을 알게 해 주시기를. 사람이 사람을 밀어내도 죄가 되지 않기를. 저에게 분노의 얼굴을 주시기를.

"응, 맞아. 시게코에게는 뭐든지 주실 테지만, 아빠에게는 주시지 않을지도 모르겠어."

저는 하느님조차 두려워하고 있었습니다. 하느님의 사랑은 믿지 못하고 하느님이 내리는 벌만을 믿고 있었습니다. 신앙. 그것은 단지 하느님의 채찍을 받기 위해, 힘없이 고개를 떨구며 심판대로 향하는 것 같은 느낌이었습니다. 지옥은 믿어도 천국의 존재는 아무리 해도 믿을 수 없었습니다.

"어째서 주시지 않는데?"

"부모님 말씀을 어겼기 때문이야."

"그래? 다들 아빠가 아주 좋은 사람이라고 말하는데도?"

그것은 속이고 있기 때문이다. 이 아파트 사람들 모두가 나에게 호의를 갖고 있다는 것은 나도 알고 있다. 하지만 내가 얼마만큼 모두를 무서워하고 있는지, 무서워하면 할수록 나를 좋아하고, 그래서 나를 좋아하면 좋아하는 만큼 더 무서워서, 모두를 멀리하지 않으면 안 된다. 이 불행하고도 병적인 버릇을, 시게코에게 설명하는 것은 정말로 어려운 일이었습니다.

"시게코는 도대체 하느님께 무엇을 부탁하고 싶은데?"

저는 아무렇지도 않은 듯이 화제를 바꿨습니다.

"시게코는 진짜 아빠를 갖고 싶어."

깜짝 놀라 어질어질 현기증이 났습니다. 적(敵). 내가 시게코의 적인건가, 시게코가 나의 적인건가. 어찌 되었든, 여기에도 나를 위협하는 무서운 어른이 있다. 타인. 이해할 수 없는 타인. 비밀투성이의 타인. 시게코의 얼굴이 갑자기 그렇게 보였습니다.

시게코만은……, 하고 생각했는데, 역시 이 아이도 그 '갑자기 등을 쳐서 죽이는 소의 꼬리'를 가지고 있었습니다. 저는 그 뒤로, 시게코에게조차 흠칫하지 않을 수 없게 되었습니다.

"색마! 있나?"

호리키가 다시 저를 찾아오기 시작했습니다. 가출했던 날, 그토록 저를 서운하게 한 남자인데도, 저는 거부할 수 없어 희미하게 웃으며 맞아 주었습니다.

"네 만화가 꽤 인기가 있다고 하잖아. 아마추어는 무서운 걸 모르는 뚱배짱이 있으니까. 하지만 방심하지는 마. 데생이 조금도 완성되어 있지 않으니까."

그는 선생님같이 굴었습니다. 저의 그 '도깨비' 그림을 이 녀석에게 보여 준다면 어떤 표정을 지을지, 예의 헛된 몸부림을 치면서,

"그런 말을 하다니, 꺅 하고 비명이 나올 지경이야."

호리키는 점점 더 우쭐해서는,

"처세술만으로는 언젠가 허술한 게 드러나기 마련이니까."

처세술……. 저로서는 정말이지 쓴웃음밖에 나오지 않았습니다. 내 앞에서 처세술을 논하다니! 하지만 저처럼 인간을 무서워하고, 피하고, 어물거리며 넘기고 있는 그것이, '긁어 부스럼 만들지 말라'와 같이 영리하고 교활하게 세상을 사는 교훈을 충실

히 따르는 것과 같은 형태라는 말일까요. 아아, 인간은 서로 상대에 대해 아무 것도 모른다, 완전히 잘못 알고 있으면서 둘도 없는 친구로 사귀고, 평생을 깨닫지 못하다가 상대가 죽으면 울면서 조사 따위를 읽는 것은 아닐까.

호리키는 어찌 되었든(그것은 시즈코에게 어쩔 수 없이 부탁받아서 마지못해 한 것이 틀림없습니다만) 저의 가출 후 뒤처리를 도와준 사람이었기에, 마치 저의 갱생에 큰 은인이나 중매인처럼 행동하였고, 그럴싸한 얼굴을 하고 저에게 설교 같은 말을 하거나, 한밤에 취해서 찾아와서 자거나, 5엔을(항상 5엔이었습니다.) 빌리거나 했습니다.

"그런데 자네의 계집질도 이쯤에서 끝내도록 해. 더 이상은 세상이 용서하지 않을 테니까."

세상이란 도대체 무엇입니까. 인간의 복수(複數)인 걸까요? 어디에, 그 세상이라는 것의 실체가 있는 것입니까? 그러나 어찌 되었든, 강하고, 엄격하고, 무서운 것이라고만 생각하며 지금까지 살아왔습니다만, 호리키가 그렇게 말하자 갑자기,

'세상이라는 건 자네가 아닐까?'

라는 말이 목구멍까지 올라왔습니다. 하지만 호리키를 화나게 하는 것이 싫어서 도로 삼켰습니다.

'그것은 세상이 용서하지 않아.'

'세상이 아니야. 자네가 용서하지 않는 거겠지.'

'그런 짓을 하면 세상으로부터 심한 꼴을 당하게 될 거야.'

'세상이 아니야. 자네잖아.'

너는 너 자신의 무서움, 괴기, 악랄, 능구렁이성, 요괴성을 알

라! 하는, 여러 가지 말이 가슴속에서 오갔습니다만, 저는 그저 얼굴의 땀을 손수건으로 닦고,

"식은땀, 식은땀."

하며 웃을 뿐이었습니다.

그렇지만 이후 저는 '세상이란 개인이 아닐까?' 하는, 사상 같은 것을 품게 되었습니다.

그래서 세상이란 개인이 아닐까, 하고 생각하게 된 후부터, 저는 지금까지보다는 조금이나마, 저의 의지대로 움직일 수 있게 되었습니다. 시즈코의 말을 빌리자면, 저는 조금 제멋대로가 되어 흠칫거리지 않게 되었습니다. 또 호리키의 말을 빌리자면, 이상하게 비열해졌습니다. 또 시게코의 말을 빌리자면, 그다지 시게코를 귀여워하지 않게 되었습니다.

아무 말도 없이, 웃지도 않고, 매일매일 시게코를 돌보며 「긴타 씨와 오타 씨의 모험」이며, 또 「태평한 아버지」의 아류작이 분명한 「태평 스님」이며, 또 「성급한 핑짱」이라는, 저로서도 이유를 알 수 없는, 자포자기식으로 제목을 붙인 연재만화를 각 회사의 요구(드물게 시즈코네 회사가 아닌 곳에서도 주문이 오게 되었지만, 모두 시즈코 회사보다도 더욱 저급한, 소위 삼류 출판사로부터 온 주문뿐이었습니다.)에 응해서 정말이지 음울한 기분으로 느릿느릿(저의 붓놀림은 무척 느린 편이었습니다.), 그저 술값이 필요한 만큼 그리고, 시즈코가 회사에서 돌아오면 곧바로 교대해서 휙 하고 밖으로 나가, 고엔지역 근처에 있는 포장마차나 스탠드바에서 싸고 독한 술을 마시고, 조금 쾌활해져서 다시 아파트로 돌아왔습니다.

"보면 볼수록 이상한 얼굴이야, 당신 말이야. 태평 스님 얼굴은 당신이 자는 얼굴에서 힌트를 얻었어."

"당신이 자는 얼굴도 꽤나 늙어 보여. 마흔은 먹은 남자 같아."

"당신 탓이야. 착취당한 거지. 물의 흐름과 사람의 몸은 말이야. 무엇에 꿍꿍거리는가. 강가의 버드나무."

"요란 피우지 말고 얼른 자. 아니면 밥 먹을래?"

침착한 시즈코는 전혀 상대가 되지 않았습니다.

"술이라면 마실 텐데. 물의 흐름과 사람의 몸은 말이야. 사람의 흐름과 아니, 물의 흐름과 물의 몸은 말이야."

노래를 부르면 시즈코가 옷을 벗겨 주었고, 그렇게 시즈코의 가슴에 이마를 대고 잠들어 버리는 것이 저의 일상이었습니다.

그리고 그다음 날도 같은 일이 반복되고,
어제와 다름없는 관례를 따르면 된다.
즉, 거칠고 큰 기쁨을 피하면,
자연스레 큰 슬픔 또한 찾아오지 않는다.
앞길을 막고 있는 방해가 되는 돌을
두꺼비는 돌아서 지나간다.

우에다 빈*이 번역한 기 샤를 크로**라는 사람의 이러한 시구를 발견했을 때, 저는 홀로 얼굴이 뜨거워질 정도로 빨개졌습니

*우에다 빈 : 일본의 번역가이자 시인.
**기 샤를 크로 : 프랑스의 시인.

다.

두꺼비.

'그것이 나다. 세상이 용서할 것도, 용서하지 않을 것도 없다. 매장할 것도, 매장하지 않을 것도 없다. 나는 개보다도 고양이보다도 열등한 동물인 것이다. 두꺼비. 느릿느릿 움직이고 있을 뿐이다.'

저의 음주량은 점차 늘었습니다. 고엔지역 근처뿐만 아니라, 신주쿠, 긴자 쪽까지 나가서 마시고, 외박하는 일조차 있었습니다. 그리고 이제는 '관례'를 따르지 않으려고 바에서 무뢰한 같은 행동을 하거나, 한쪽 구석에서 키스를 하거나, 말하자면 그 정사 사건 이전으로, 아니, 그때보다 더욱더 거칠고 야비한 술꾼이 되었고, 돈이 궁해져서 시즈코의 옷가지를 들고 나갈 정도가 되었습니다.

이곳에 와서, 그 찢어진 연을 보고 쓸쓸한 웃음을 지었을 때로부터 1년이 더 지나고, 벚나무가 새잎을 피울 때, 저는 또다시 시즈코의 오비며 속옷을 몰래 가지고 나가 전당포에서 돈으로 바꾸어, 긴자에서 술을 마시고, 이틀 밤을 이어서 외박하고, 사흘 째 밤에 조금은 미안한 마음으로, 무의식적으로 발소리를 죽여서 시즈코의 집 앞까지 오자, 안에서 시즈코와 시게코의 대화 소리가 들렸습니다.

"왜 술을 마시는 거야?"

"아빠는 술이 좋아서 마시는 것이 아니야. 너무나 착한 사람이니까, 그래서……"

"착한 사람은 술을 마시는 거야?"

"그런 건 아닌데⋯⋯"

"아빠, 분명히 깜짝 놀랄 거야."

"싫어하실지도 모르겠다. 저 봐, 저 봐, 상자에서 뛰어나온 다."

"성급한 핑짱 같아."

"그렇네."

시즈코의 진심으로 행복한 듯한, 낮은 웃음소리가 들렸습니다.

제가 문을 조금 열어 안을 살펴보니, 하얀 새끼 토끼였습니다. 깡충깡충 방 안을 여기저기 뛰어다녀서, 모녀는 그것을 쫓아다녔습니다.

'행복하다, 이 사람들은. 나라는 멍청이가 이 둘 사이에 들어와서, 이 두 사람을 엉망진창으로 만들어 놓고 있는 것이다. 자그마한 행복. 착한 모녀. 그 행복을, 아아, 혹여 하느님이 나 같은 자의 기도를 들어주신다면, 한 번만이라도 생애 단 한 번만이라도 좋으니, 기도하겠어.'

저는 그곳에 웅크리고 앉아서 손을 모으고 싶은 기분이었습니다. 저는 살그머니 문을 닫고, 다시 긴자로 가서, 다시는 그 아파트로 돌아가지 않았습니다.

그리고 교바시 바로 근처에 있는 스탠드바 2층에, 저는 또다시 정부로 들어가게 되었습니다.

세상. 가까스로 저도 어렴풋하게나마 그것을 알게 된 듯한 기분이 들었습니다. 개인과 개인의 다툼에서, 게다가 그 순간의 다툼에서, 게다가 그 자리에서 이기면 좋은 것이다. 인간은 결코 인간에게 복종하지 않는다. 노예조차도 노예다운 비굴한 보복을 하는 것이다. 그러니 인간에게는 그 자리의 한판 승부 말고는 살아남을 방법이 없다. 대의명분 같은 것을 외치지만 노력의 목표는 반드시 개인, 개인을 넘어 서고 또다시 개인, 세상의 난해함은 개인의 난해함, 대양(大洋)은 세상이 아니라 개인인 것이다. 그렇게 세상이라는 대해의 환영에 두려워하는 것에서 조금이나마 해방되어, 예전만큼 이리저리 끝도 없이 신경 쓰지 않고, 당장의 필요를 따라서 조금은 뻔뻔스럽게 행동하는 법을 배웠습니다.

고엔지의 아파트를 버리고, 교바시의 스탠드바 마담에게 가서,

"헤어지고 왔어."

라고만 하면 그것으로 충분. 즉 한판 승부는 정해져서, 그날 밤부터 저는 다짜고짜 그곳 2층에 묵게 되었습니다만, 무서울 법한 '세상'은 저에게 아무런 해도 가하지 않았고, 또한 저도 '세상'을 향해 아무런 변명도 하지 않았습니다. 마담이 그럴 생각이라면 그것으로 모든 것이 괜찮았습니다.

저는 그 가게 손님 같기도 하고, 주인 같기도 하며, 심부름꾼 같기도 하고, 친척 같기도 하여, 옆에서 보면 좀처럼 정체를 알 수 없는 존재였는데, '세상'은 저를 조금도 수상히 여기지 않았고, 그 가게 단골들도 저를 "요조 씨, 요조 씨."라고 부르며 매우 친절하게 대해 주고 술도 사 주는 것이었습니다.

저는 세상에 대해 점점 경계하지 않게 되었습니다. 세상이란 그리 무서운 곳이 아니라고 생각하게 되었습니다. 즉, 지금까지

저의 공포는, 봄바람에는 백일해를 일으키는 세균이 몇 십만, 대중목욕탕에는 눈을 멀게 하는 세균이 몇 십만, 이발소에는 탈모의 원인이 되는 세균이 몇 십만, 기차 손잡이에는 옴벌레가 우글우글, 또한 생선회나 설익은 소·돼지 구이에는 촌충의 애벌레라든지, 디스토마라든지 무슨 알이 반드시 숨어 있고, 또한 맨발로 걸으면 발바닥에 작은 유리 파편이 들어가 그 파편이 체내를 돌아다니다가 안구를 찔러 실명시키는 일도 있다는, 소위 '과학의 미신'에 겁먹고 있는 것과 같은 것이었습니다. 확실히 몇 십만이나 되는 세균이 떠다니거나 꿈틀거리고 있다는 것은 '과학'이고도 분명한 사실이겠지요. 그와 동시에, 그 존재를 완전히 묵살하려고만 한다면, 그것은 저와 아주 조금의 연결 고리도 없이, 순식간에 사라져 버리는 '과학의 유령'에 지나지 않는다는 것도 저는 알게 되었습니다. 도시락 통에 남긴 밥알 세 톨, 천만 명이 하루에 세 톨씩만 남겨도 그것은 쌀 몇 가마를 허투로 버린 일이 된다든지, 혹은 하루에 휴지 한 장을 천만 명이 절약한다면 얼마만큼의 펄프가 남는다는 '과학적 통계'에 저는 협박을 받았고, 밥을 한 톨이라도 남길 때마다, 또한 코를 풀 때마다, 산더미만큼의 쌀과 산더미만큼의 펄프를 낭비하는 듯한 착각이 들어 괴로워하면서, 제가 지금 중대한 죄를 범하고 있는 듯한 어두운 기분이 들었습니다. 하지만 그야말로 '과학의 허구', '통계의 허구', '수학의 허구'로써, 세 톨의 밥알은 모일 수 있는 것이 아니고, 곱셈과 나눗셈의 응용문제로도 정말이지 원시적이고 저능한 테마로써, 전깃불이 없는 어두운 변소 구멍에 사람은 몇 번에 한 번꼴로 발을 헛디뎌 빠지게 되는지, 또는 전차 출입구와 플랫

폼 틈새에 승객 몇 명 중의 몇 명의 발이 빠지는지, 그러한 확률을 계산하는 것만큼 터무니없으며, 그런 일들은 정말로 있을 수 있는 일인 듯도 하지만, 변소 구멍에 발을 헛디뎌 다쳤다는 이야기는 한 번도 들어 본 적이 없고, 그러한 가설을 '과학적 사실'로 배우고, 그것을 전적으로 현실로 받아들여 무서워했던 어제까지의 제가 가여워 웃고 싶을 만큼, 세상이라는 것의 실체를 조금씩 알게 되었습니다.

그렇다고는 해도, 역시 제게 인간이라는 존재는 여전히 무서웠고, 가게 손님들을 대하기 위해서는 술을 한 잔 쭉 들이켜지 않으면 안 되었습니다. 무섭지만 보고 싶은……, 저는 매일 밤 그래도 가게로 나가, 사실은 아이가 조금 무서워하고 있는 작은 동물을 오히려 세게 꽉 움켜쥐어 버리듯이, 술에 취해서 가게 손님들에게 서투른 예술론을 이야기하게 되었습니다.

만화가. 아아, 하지만 나는 큰 기쁨도, 또한 큰 슬픔도 없는 무명의 만화가. 아무리 큰 슬픔이 뒤에 찾아와도 좋다, 거칠고 큰 기쁨을 얻고 싶다, 하고 내심 안달하면서도, 현재의 기쁨은 손님과 쓸데없는 헛소리를 하고, 손님이 주는 술을 마시는 일뿐이었습니다.

교바시로 와서 이런 시시한 생활이 1년 가까이 이어졌고, 저의 만화도 어린이를 대상으로 하는 잡지뿐만 아니라, 역에서 파는 조악하고 외설스러운 잡지 같은 데에도 실리게 되어, 저는 죠시 이쿠타*라는 장난스러운 필명으로 더러운 누드화를 그리고,

---

*이쿠타 : 정사, 살았다(情死, 生きた, 죠시 이키타)'와 발음이 비슷함.

게다가 대개는『루바이야트』*의 시구를 삽입했습니다.

헛된 기도 따위 그만두고
눈물을 부르는 일 따위 벗어던지고
자, 한잔하자, 좋아하는 일만 생각하고
부질없는 걱정 따위 잊어버려

불안과 공포로 사람을 위협하는 무리는
자신들이 만든 큰 죄에 두려워하고
죽은 이들의 복수에 대비하려
자신들의 머리로 계속해서 계략을 세우지

어젯밤 술에 취해 내 마음은 기쁨으로 가득차고
아침에 일어나 보니 그저 황량할 뿐
이상하다, 하룻밤만에
변해 버린 이 마음이여

재앙 따위는 생각하지 마라
멀리서 울려 퍼지는 큰북 소리처럼
뭔지 모르게 그 녀석은 불안하네
방귀 뀐 것까지 하나하나 죄가 된다면 살아갈 수 없지

정의는 인생의 지침이던가?

---

*『루바이야트』: 11세기 페르시아의 학자였던 오마르 하이얌의 4행시집.

그러면 피로 얼룩진 전쟁터에
암살자의 칼끝에
무슨 정의가 있을까?

어디에 지도(指導)의 원리가 있는가?
어떠한 지혜의 빛이 있는가?
아름답고도 무서운 것은 이 세상이고
가냘픈 인자(人子)는 짊어질 수도 없는 짐을 짊어지고

어쩔 수 없는 정욕의 씨앗을 품은 탓에
선이다 악이다 죄다 벌이다 그저 저주할 뿐
어쩌지도 못하고 갈팡질팡할 뿐
눌러서 깨트릴 힘도 의지도 물려받지 못한 탓에

어디를 어떻게 헤매고 다녔는가?
뭐? 비판, 검토, 재인식?
하, 허무한 꿈을, 있지도 않은 환상을
에헤, 술을 잊었으니 모두 어리석은 생각이네

어떤가? 끝이 없는 저 넓은 하늘을 보라
그 안에 작게 떠오른 점이잖니
이 지구가 어째서 자전하는지 알겠는가?
자전 공전 반전도 그저 맘대로인 것을

이르는 곳마다 강력한 힘을 느끼고
모든 나라에서 모든 민족에게서
동일한 인간성을 발견하는
나는 이단자인 것인가?

모두 성경을 잘못 읽고 있네
그렇지 않다면 상식도 지혜도 없는 거지
살아 있는 몸의 기쁨을 금하고 술을 금하고
좋아 무스타파, 나는 그런 것 정말 싫어

하지만 그 당시, 저에게 술을 끊으라고 권하던 처녀가 있었습니다.

"안 돼요. 매일같이 대낮부터 취해 있으면."

바 건너편 작은 담뱃가게에서 일하는 열일고여덟 되는 아가씨였습니다. 요시코라고 하는, 피부가 희고 덧니가 있는 아가씨였습니다. 제가 담배를 사러 갈 때마다 웃으며 충고하는 것이었습니다.

"왜, 안 되는 거지? 어째서 나쁜 거야? '있는 만큼 술을 마시고, 인간이여 증오를 없애, 없애, 없애.'라고 옛날 페르시아에서……, 그래, 그만두자, 슬프고 지친 마음에 희망을 가져다주는 것은, 단지 거나하게 취할 수 있는 옥배(玉杯)라고. 알겠니?"

"몰라요."

"이 녀석, 키스해 버린다."

"해요."

조금도 주눅 들지 않고 아랫입술을 쑥 내미는 것입니다.

"바보 녀석. 정조 관념은 어디다……."

하지만 요시코의 표정에서는 분명히 누구에게도 더럽혀지지 않은 처녀의 향기가 났습니다.

해가 바뀌고 혹독하게 추운 밤, 저는 술에 취해 담배를 사러 나갔다가, 그 담뱃가게 앞 맨홀에 빠져서 "요시코, 살려 줘!"라고 소리 질렀습니다. 요시코가 저를 끌어 올려 내고, 오른쪽 팔에 난 상처를 치료해 주면서 차분하게,

"너무 마시네요."

라며 웃지 않고 말했습니다.

저는 죽는 것은 아무렇지도 않았지만, 다쳐서 피가 나거나 불구자가 되는 것은 정말이지 싫었기에, 요시코에게 팔에 난 상처를 치료받으면서, 술도 이쯤에서 그만둘까, 하고 생각했습니다.

"그만둘게. 내일부터 한 방울도 마시지 않을게."

"정말?"

"꼭 끊을게. 끊으면, 요시코, 나한테 시집올래?"

하지만 시집에 대한 것은 농담이었습니다.

"물이죠."

'물'이란 '물론'의 줄임말이었습니다. 그 당시 '모보'라든지 '모가'*라든지, 여러 가지 줄임말이 유행하고 있었습니다.

"좋아. 새끼손가락 걸자. 반드시 끊을게."

그리고 다음 날, 저는 여느 때와 똑같이 대낮부터 마셨습니

---

*'모보'라든지 '모가'라든지 : '모보'는 '모던 보이'의 줄임말, '모가'는 '모던 걸'의 줄임말.

다.

저녁에 비틀거리며 밖으로 나와 요시코네 가게 앞에 서서,

"요시코 미안해. 마셔 버렸어."

"어머, 뭐예요. 취한 척하고."

깜짝 놀랐습니다. 술이 깨는 듯한 기분이었습니다.

"아냐, 정말이야. 정말로 마셨어. 취한 척하는 거 아냐."

"놀리지 말아요. 나쁜 사람."

아예 의심하려고도 하지 않는 것입니다.

"보면 알 것 아니야. 오늘도 대낮부터 마셨어. 용서해 줘."

"연기를 잘하시네요."

"연기가 아니라니까, 바보 녀석. 키스해 버린다."

"해요."

"아냐, 나에게는 자격이 없어. 시집오라던 것도 포기해야겠지. 얼굴을 봐 봐. 빨갛지? 마셔서 그래."

"그건 저녁놀이 비쳐서 그래요. 거짓말해서는 안 돼요. 어제 약속했잖아요. 마실 리가 없잖아요. 새끼손가락 걸고 약속했잖아요. 마셨다니, 거짓말, 거짓말, 거짓말."

어두컴컴한 가게 안에 앉아서 웃고 있는 요시코의 하얀 얼굴, 아아, 더러움을 모르는 버지니티는 고귀한 것이다, 나는 지금까지 나보다 젊은 처녀와 자 본 적이 없다, 결혼하자, 그로 인해 훗날 어떤 큰 슬픔이 찾아온다 해도 좋다, 사나울 정도로 큰 기쁨을, 생애 단 한 번이라도 좋다, 처녀성의 아름다움은 바보 같은 시인의 달콤한 감상의 환상에 지나지 않는다고 생각했지만, 역시 이 세상에 살아 존재하고 있는 것이다, 결혼하고 봄이 되면

둘이서 자전거로 신록의 폭포를 보러 가야지, 하고 그 자리에서 결심하고, 소위 '한판 승부'로 그 꽃을 훔치는 일을 주저하지 않았습니다.

그래서 우리들은 얼마 지나지 않아 결혼했고, 그로 인해 얻은 기쁨은 반드시 크다고는 할 수 없지만, 그 뒤에 찾아온 슬픔은 처참하다고 말해도 부족할 정도로, 정말이지 상상을 초월할 정도로 큰 것이었습니다. 저에게 '세상'은 역시나 끝이 없도록 무서운 곳이었습니다. 결코 그러한 한판 승부 따위로 하나부터 열까지 결정되는 간단한 곳이 아니었습니다.

2

호리키와 나.

서로 경멸하면서도 사귀고, 그래서 서로가 스스로를 하찮게 여기게 되는, 그것이 이 세상이 말하는 '친구'의 모습이라고 한다면, 저와 호리키의 관계도 틀림없는 '친구'였습니다.

저는 교바시 스탠드바 마담의 의협심으로 인해(여자에게 의협심이라는 말이 좀 이상하긴 하지만, 저의 경험에 의하면 적어도 도시 사람의 경우, 남자보다도 여자가 의협심이라 할 만한 것을 더 가지고 있었습니다. 남자는 대부분 무서워 떨면서, 겉치레만 차리고 인색하기까지 했습니다.), 담뱃가게 요시코를 내연의 처로 맞아, 쓰키지의 스미다강 근처에 있는 이층짜리 목조로 된, 작은 아파트 아래층에 방 하나를 빌려 둘이 살았습니다. 술은 끊고, 이제는 저에게 정해져 버린 직업인 만화 작업에 힘을 쏟았습니다. 저녁 식사 후에는 둘이서 영화를 보러 나가거나, 돌아오는 길에는 찻집에 들어가거나, 또는 화분을 사기도 했습니다. 아니, 그러한 것보다, 저를 진심으로 신뢰해 주는 이 어린 새색시의 말을 듣거나, 하는 행동을 보고 있는 것이 즐거워서, 어쩌면 저도 머지않아 점점 인간다운 자가 되어 비참하게 죽지 않아도 괜찮은 것이 아닐까, 하는 달콤한 생각을 희미하게 가슴에 품기 시작한 그때, 호리키가 다시 제 눈앞에 나타났습니다.

"이봐! 색마. 어라? 그래도 조금은 철이 든 얼굴이 되었군. 오늘은 고엔지 여사의 심부름으로 왔어."

라고 말을 걸며, 갑자기 목소리를 낮추어, 부엌에서 차를 준비하고 있는 요시코를 턱으로 가리키며, "괜찮아?" 하고 묻기에,

"상관없어. 무슨 말을 해도 괜찮아."

라고 저는 침착하게 대답했습니다.

실제로 요시코는 신뢰의 천재라고 말하고 싶을 정도로, 교바시 스탠드바 마담과의 관계는 물론, 제가 가마쿠라에서 일으킨 사건을 말해 줘도, 쓰네코와의 사이를 의심하지 않았습니다. 그것은 제가 거짓말을 잘했기 때문이 아니라, 때로는 노골적인 말투로 말할 때조차 있었지만, 요시코에게는 그것이 모두 농담으로밖에 들리지 않는 모양이었습니다.

"한결같이 잘난 체해서 싫다니까. 뭐, 대단한 일은 아니지만 가끔은 고엔지로도 놀러 와 달라는 전언이야."

잊어버리려고 하면, 괴상하게 생긴 새가 날개 치며 찾아와 기억의 상처를 부리로 찔러 찢어 놓습니다. 순식간에 과거의 수치

와 죄에 대한 기억이 생생히 눈앞에 펼쳐져, 악 하고 소리치고 싶을 정도의 공포로 인해 앉을 수도 없게 되는 것입니다.

"한잔할까?"

라는 제 말에.

"좋아."

라고 대답하는 호리키.

저와 호리키. 둘은 모습이 닮았습니다. 똑같은 인간이라는 느낌이 든 적도 있었습니다. 물론 그것은 이리저리 싸구려 술을 마시러 돌아다닐 때뿐이었습니다만, 어찌 되었든 둘이서 얼굴을 마주 보면 순식간에 같은 형태의, 같은 종류의 개로 변해서 눈 내리는 거리를 뛰어다니는 형국이 되는 것이었습니다.

그날 이후, 우리들은 다시금 옛정을 새롭게 되살린 형태가 되어, 교바시에 있는 그 작은 바에도 함께 가고, 끝내는 고엔지의 시즈코네 아파트에 술에 만취한 두 마리의 개로 찾아가서 자고 돌아오는 일조차 있었습니다.

잊어버릴 수도 없습니다. 무더운 여름밤이었습니다. 호리키는 저녁 무렵에 구깃구깃한 유카타를 입고 쓰키지에 있는 저의 아파트로 찾아와서, 오늘 사정이 있어서 여름옷을 전당포에 맡겼는데, 그 일을 노모가 알게 된다면 정말로 좋지 않다, 바로 찾고 싶으니 여하튼 돈을 빌려 달라, 하는 것이었습니다. 공교롭게도 저의 수중에도 돈이 없었기에, 여느 때처럼 요시코에게 말해, 요시코의 옷을 전당포에 가지고 가서 돈을 만들어, 호리키에게 빌려주고, 그러고도 돈이 조금 남았기에 그 돈으로 요시코에게 소주를 사 오라고 해서, 아파트 옥상에 올라가, 스미다강에서 이따금 희미하게 불어오는, 하수구 냄새가 나는 바람을 맞으며 정말이지 지저분한 납량 연회를 벌였습니다.

우리들은 그때, 희극 명사와 비극 명사를 알아맞히는 놀이를 했습니다. 이것은 제가 발명한 놀이로, 명사에는 모두 남성 명사, 여성 명사, 중성 명사 등의 구별이 있는데, 그와 동시에 희극 명사, 비극 명사로도 구별할 수 있다. 예를 들면 증기선과 기차는 모두 다 비극 명사이고 전차와 버스는 모두 희극 명사이다. 왜 그러한 것인지 모르는 자는 예술을 논하기에 부족하고, 희극에 하나라도 비극 명사를 집어넣은 극작가는 이미 그것으로도 낙제이며 비극의 경우 또한 마찬가지다. 이런 식이었습니다.

"준비됐어? 담배는?"

제가 물었습니다.

"트래(비극 '트래지디'의 줄임말)."

호리키가 말이 끝나자마자 대답했습니다.

"약은?"

"가루약이야? 알약이야?"

"주사."

"트래."

"그럴까? 호르몬 주사도 있고 말이야."

"아니야, 당연히 트래야. 주사 바늘이 무엇보다도 훌륭한 트래잖아."

"좋아, 그렇다고 해 두지. 그렇지만 약이랑 의사는 예상 외로 코미(희극 '코미디'의 줄임말)야. 죽음은?"

"코미. 목사도 승려도 마찬가지야."

"정답. 그리고 삶은 트래이지."

"틀렸어. 그것도 코미."

"아니야, 그러면 이것도 저것도 모두 코미가 돼 버려. 그럼 하나 더 물어보겠는데 만화가는? 설마 코미라고는 할 수 없겠지?"

"트래, 트래. 대비극명사!"

"뭐야, 대트래는 자네잖아."

이렇게 어설프고 시시한 농담 같은 것이 되어 버리면 재미없어지지만, 우리는 그 놀이를 세계의 어떤 살롱에도 일찍이 존재하지 않았던, 대단히 세련된 것이라고 자신하고 있었습니다.

그리고 한 가지 더, 저는 당시에 이것과 비슷한 놀이를 발명했습니다. 그것은 앤토님 알아맞히기였습니다. 검정의 앤토(반의어 '앤토님'의 줄임말)는 흰색. 하지만 흰색의 앤토는 빨강. 빨강의 앤토는 검정.

"꽃의 앤토는?"

하고 제가 묻자 호리키는 입을 삐죽거리며 생각하고는,

"으음, '화월(花月)'이라는 요릿집이 있으니까, 달이다."

"아니야, 그것은 앤토가 아니야. 오히려 시노님*이야. 별과 제비꽃을 봐도 시노님이잖아. 앤토가 아니야."

"알았어. 그럼 벌이다."

"벌?"

"모란에……, 개미인가?"

"뭐야, 그것은 그림의 모티브야. 대충해서는 안 돼."

"알았어! 꽃에 떼구름……."

---

*시노님 : 동의어, synonym.

"달에 떼구름*이겠지."

"맞아, 맞아. 꽃에 바람. 바람이네. 꽃의 앤토는 바람."

"정말 못한다. 그것은 나니와부시**의 가사잖아. 말하는 걸 보니 수준을 알겠군."

"아냐, 비파다."

"여전히 아니야. 꽃의 앤토는 말이야……, 이 세상에서 가장 꽃답지 않은 것, 그런 걸 들어야지."

"그럼, 그……, 기다려 봐. 뭐야, 여자인 거야?"

"나온 김에 여자의 시노님은?"

"내장."

"너는 도무지 시를 모르는구나. 그렇다면 내장의 앤토는?"

"우유."

"이번 건 조금 잘했네. 그 상태로 하나 더. 수치. 수치의 앤토는?"

"수치를 모르는. 인기 만화가 죠시 이쿠타."

"호리키 마사오는?"

이때부터 우리 둘은 점점 웃을 수 없게 되어, 소주에 취했을 때의 특징인, 유리 파편이 머리에 가득 찬 듯한, 음울한 기분이 들었습니다.

"건방진 소리 하지 마. 나는 아직 너처럼 붙잡히는 치욕을 당한 적은 없어."

---

*달에 떼구름 : '달에 떼구름, 꽃에 바람'이라는 문구로, '호사다마(好事多魔)'의 의미.

**나니와부시 : 샤미센을 반주로 하여 의리나 인정을 주제로 하는 노래

흠칫했습니다. 호리키는 내심 나를 진정한 인간으로 여기지 않았던 것이다. 나를 그저, 죽지 못하고 살아난, 수치를 모르는 바보 괴물로, 말하자면 '살아있는 송장'으로만 생각하고, 자신의 쾌락을 위해 나를 이용할 만한 데에만 이용하는, 그 정도의 '친구'였던 것이다, 하고 생각하니 역시나 좋은 기분은 들지 않았습니다. 하지만 또한, 호리키가 저를 그렇게 보는 것을 당연한 것으로, 나는 옛날부터 인간 자격이 없는 아이였다, 역시 호리키에게조차 경멸받는 것이 당연한지도 모른다, 하고 생각해서,

"죄. 죄의 앤토님은 뭘까? 이것은 어려울 거야."

라고 아무렇지 않은 듯한 표정을 지으며 말했습니다.

"법률이야."

호리키가 태연히 그렇게 대답했기에 저는 호리키의 얼굴을 다시 보았습니다. 근처 빌딩에서 깜빡거리는 네온사인의 붉은 빛을 받아 호리키의 얼굴은 강력계 형사처럼 위엄 있게 보였습니다. 저는 정말이지 어이가 없어서,

"죄라는 건 말이야, 그런 것이 아니야."

죄의 반대어가 법률이라니! 하지만 세상 사람들은 모두 그 정도로 간단하게 생각하고 넘겨 버리며 살고 있는지도 모르겠습니다. 형사가 없는 곳이야말로 죄가 꿈틀거리고 있다고.

"그렇다면 뭐야, 신이야? 너에게는 어딘가 예수쟁이 같은 부분이 있으니까. 기분 나쁘게."

"아니, 그렇게 가볍게 정리하지 마. 좀 더 둘이서 생각해 보자. 이건 그래도 재미있는 테마이지 않아? 이 테마에 대한 대답 하나로 그 사람의 전부를 알 수 있을 것 같은 생각이 들어."

"설마……, 죄의 앤토는 선이야. 선량한 시민, 즉 나 같은 사람이지."

"농담은 그만하지. 하지만 선은 악의 앤토야. 죄의 앤토는 아니야."

"악과 죄가 다른가?"

"다르다고 생각해. 선악의 개념은 인간이 만든 것이야. 인간이 마음대로 만든 도덕적 단어지."

"복잡하네. 그렇다면 역시 신이겠네. 신, 신. 뭐든지 신으로 해 두면 틀리지 않아. 배고프다."

"지금 밑에서 요시코가 누에콩을 삶고 있어."

"고맙네. 좋아하는 거야."

깍지 낀 양손을 머리 뒤에 대고 벌렁 누웠습니다.

"너는 죄라는 것에 대해 조금도 흥미가 없나 보네."

"그건 그렇지, 너 같은 범죄자가 아니니까. 나는 주색을 부리긴 해도 여자를 죽게 하거나, 돈을 뺏거나, 하지는 않아."

죽게 한 것이 아니다, 뺏은 것이 아니다, 하고 마음 어딘가에서 희미하게, 하지만 필사적으로 항의의 목소리가 올라와도, 하지만 또 다시, 아니야, 내가 나쁜 것이다, 그렇게 바로 생각해 버리는 이 습관.

저는 아무리 해도 정면으로 맞서서 논쟁할 줄을 모릅니다. 소주로 인한 음울한 취기 때문에 점점 기분이 험악해지는 것을 힘껏 억누르고, 거의 혼잣말처럼 말했습니다.

"하지만 감옥에 들어가는 것만이 죄는 아니야. 죄의 앤토를 알 수 있다면 죄의 실체도 잡을 수 있을 것 같은 기분이 들지만,

신, 구원, 사랑, 빛, 하지만 신에게는 사탄이라는 앤토가 있고, 구원의 앤토는 고뇌일 것이고, 사랑에는 미움, 빛에는 어둠이라는 앤토가 있고, 선에는 악, 죄와 기도, 죄와 후회, 죄와 고백, 죄와……, 아아, 모두 시노님이다. 죄의 반대어는 무엇일까."

"죄의 반대어는, 꿀이야.* 벌꿀과 같이 달콤하지. 배고파. 뭔가 먹을 것 좀 가지고 와."

"네가 가지고 오면 되잖아."

거의 태어나서 처음이라고 말해도 좋을 정도로 격렬한 분노의 목소리가 나왔습니다.

"좋아, 그럼 밑에 가서 요시코와 둘이서 죄를 저지르고 와야지. 논쟁보다는 실제 실험. 죄의 앤토는 벌꿀 콩, 아니 누에콩인가."

호리키는 말이 제대로 안 나올 정도로 취해 있었습니다.

"마음대로 해. 아무 데나 가 버려!"

"죄와 공복, 공복과 누에콩, 아니, 이것은 시노님인가."

호리키는 나오는 대로 말하면서 일어났습니다.

죄와 벌, 도스토예프스키. 언뜻 그것이 머릿속 한쪽 구석을 스치듯 지나가자 문득 생각이 났습니다. 만약 도스토예프스키가 죄와 벌을 시노님이라고 생각하지 않고, 앤토님으로 늘어놓은 것이라면? 죄와 벌, 절대로 상통할지 않는 것, 얼음과 숯처럼 절대 통하지 않는 것. 죄와 벌을 앤토로 생각한 도스토예프스키의 수태(水苔), 썩은 연못, 난마(亂麻)한 깊은 곳의……, 아, 이제 알 것 같다. 아니다, 아직……, 하며 생각이 머릿속에서 주마등

---

*죄의 반대어는, 꿀이야. : 일본어로 죄는 '쓰미'로, 꿀은 '미쓰'로 소리 난다.

처럼 뱅글뱅글 돌고 있던 때에,

"이봐! 말도 안 되는 누에콩이다. 이리 와 봐!"

호리키의 목소리도, 얼굴빛도 변해 있었습니다. 호리키는 방금 휘청거리며 일어나서 아래로 내려갔던가, 했는데 다시 돌아온 것이었습니다.

"뭐야?"

이상하리만큼 살기를 띄고, 우리 둘은 옥상에서 2층으로 내려가, 2층에서 다시 아래층의 제 방으로 내려가는데, 계단 중간에서 호리키가 멈추더니,

"봐 봐!"

라고 작은 목소리로 말하며 손가락으로 가리켰습니다.

제 방 위의 작은 창이 열려 있고, 그곳에서 방 안이 보였습니다. 불이 켜진 채로, 두 마리의 동물이 있었습니다.

저는 어질어질 현기증을 느끼면서, 이것 역시 인간의 모습이다, 이것 역시 인간의 모습이다, 놀랄 일은 없다, 하고 격렬한 호흡과 함께 속으로 말하고, 요시코를 구하는 것도 잊은 채 계단에 우두커니 서 있었습니다.

호리키는 크게 헛기침을 했습니다. 저는 홀로 도망치듯이 다시 옥상으로 뛰어올라가, 드러눕고, 비를 품은 여름 밤하늘을 쳐다보았습니다. 그때 저를 덮친 감정은 분노도 아니고, 혐오도 아니며, 또한 슬픔도 아닌, 무시무시한 공포였습니다. 그것도 묘지의 귀신에 대한 공포가 아니라, 신사(神社)의 삼나무 숲에서 흰 옷을 입은 영물을 만났을 때에 느낄지도 모르는, 이리저리 해도 말로 할 수 없는 태고의 격렬한 공포감이었습니다. 저의 새치

는 그날 밤부터 나기 시작해, 점점 더 모든 일에 자신감을 잃고, 점점 더 사람을 끝없이 의심하고, 이 세상을 살아가는 것에 대한 일체의 기대, 기쁨, 감동으로부터 영원히 멀어지게 되었습니다. 징말이지 그것은 제 생애에 있어서 결정적인 사건이었습니다. 저는 정면에서 미간이 갈라지는 것 같은 상처를 입고, 이후로, 그 상처는 어떤 누구에게든 접근할 때마다 아팠습니다.

"동정은 하겠지만, 너도 이것으로 조금은 느꼈을 것이야. 이제 나는 두 번 다시 여기에 오지 않을 거야. 마치 지옥 같아……. 하지만 요시코는 용서해 줘. 너도 어차피 제대로 된 녀석은 아니니까. 먼저 일어날게."

거북한 장소에 길게 머물 정도로 호리키는 바보가 아니었습니다.

저는 일어나서, 혼자서 소주를 마시고, 그러고 나서 엉엉 소리를 내며 울었습니다. 언제까지라도, 언제까지라도 울 수 있었습니다.

어느새 등 뒤에 요시코가 누에콩을 수북이 담은 접시를 들고 멍하니 서 있었습니다.

"아무 짓도 하지 않을 거라고 해서……."

"그래. 아무 말도 하지 마. 너는 사람을 의심할 줄 몰랐던 거야. 앉아. 콩 먹자."

나란히 앉아서 콩을 먹었습니다. 아아, 신뢰는 죄이던가? 상대방 남자는, 저에게 만화를 요청하고, 얼마 안 되는 돈을 거들먹거리며 두고 가는, 서른 정도로 배우지 못하고 몸집이 작은 상인이었습니다.

역시나 그 상인은 그 후로 찾아오지 않았습니다만, 저는 왜인지 그 상인에 대한 증오보다도, 처음 발견한 바로 그때 크게 헛기침이나 그 어떤 것도 하지 않고, 그대로 저에게 알리러 다시 옥상으로 돌아온 호리키에 대한 분노가 잠이 오지 않는 밤이면 불끈불끈 일어나 저를 괴롭혔습니다.

용서할 것도, 용서 못할 것도 없습니다. 요시코는 신뢰의 천재입니다. 누군가를 의심할 줄 몰랐습니다. 그러나 그로 인한 비참함.

신에게 묻겠습니다. 신뢰는 죄입니까.

요시코가 더렵혀졌다는 사실보다도, 요시코의 신뢰가 더렵혀졌다는 사실이 저로 하여금 그 후 오랫동안, 살아갈 수 없을 만한 고뇌의 씨앗이 되었습니다. 저와 같이 불쾌하고, 벌벌 떨기만 하고, 사람의 얼굴빛만 엿보며, 사람을 믿는 능력에 금이 가버린 자에게 있어서 요시코의 무구한 신뢰심은 그야말로 신록의 폭포처럼 상쾌하게 느껴졌습니다. 그것이 하룻밤만에 누렇게 구정물로 변해 버렸습니다. 보십시오. 요시코는 그날 밤부터 저의 사소한 표정의 변화까지도 눈치를 보게 되었습니다.

"이봐."

라고 부르면 깜짝 놀라서 눈을 어디로 둬야 할지도 모르는 모양이었습니다. 아무리 제가 웃겨 주려고 바보 같은 말을 해도, 당황하고 흠칫흠칫하며, 지나치게 저에게 높임말을 쓰게 되었습니다.

과연, 무구한 신뢰심은 죄의 원천입니까.

저는 유부녀가 겁탈당하는 내용의 책을, 여러 권 찾아 읽어

보았습니다. 하지만 요시코만큼 비참하게 당한 여자는 한 명도 없었습니다. 애당초, 이것은 도저히 이야기도 그 어떤 것도 되지 않습니다. 그 몸집 작은 상인과 요시코 사이에 아주 조금이라도 사랑과 비슷한 감정이 있었다면, 저의 마음도 괜찮았을지 모릅니다만, 그저 여름날의 하룻밤, 요시코가 신뢰해서, 그래서 그뿐으로, 게다가 그로 인해 저의 미간은 정면에서 상처를 입었고, 목소리가 잠기고, 새치가 나기 시작했으며, 요시코는 일생을 안절부절못하게 되었습니다. 대부분의 이야기는 그 아내의 '행위'를 남편이 용서하는가 마는가, 거기에 중점을 두는 듯했습니다만, 그것은 저에게 있어서는 그리 괴롭고 커다란 문제가 아닌 듯 생각되었습니다. 용서한다, 용서하지 않는다, 그와 같은 권리를 가지고 있는 남편이야말로 행복하구나, 아무리 어찌해도 용서할 수 없다고 생각했다면 큰 소동을 부리지 않고 즉시 아내와 이혼해서 새로운 아내를 맞으면 되고, 그럴 수 없다면 말 그대로 '용서'하고 참으면 된다, 결국은 남편의 마음 하나로 모든 것이 원만하게 해결될 터인데, 하는 마음조차 드는 것이었습니다. 즉 그와 같은 사건은 확실히 남편에게 있어 큰 충격이긴 해도, 하지만 그것은 '충격'일뿐, 언제까지나 계속해서 되풀이되어 밀려오는 파도와 달리, 권리가 있는 남편이 분노를 가지고 어떻게든 처리할 수 있는 트러블처럼 생각되었습니다. 하지만 저희들의 경우, 남편에게는 아무런 권리도 없고, 생각해 보면 모조리 다 제가 나쁜 듯한 느낌이 들어서 화를 내기는커녕 불평 한마디도 할 수 없고, 또한 아내는 그가 가진 보기 드문 아름다운 성품 때문에 그런 일을 당한 것입니다. 게다가 그 아름다운 성품은 남편이 예전부터 동경해 온 무구한 신뢰심이라는, 견딜 수 없도록 가련한 것이었습니다.

무구한 신뢰심은 죄입니까.

유일한 희망이었던 아름다운 성품조차 의심을 품게 된 저는 이제는 뭐가 뭔지 아무 것도 알 수 없게 되어, 그저 향하는 곳은 알코올뿐이었습니다. 저의 얼굴 표정은 극도로 초라하게 변하고, 아침부터 소주를 마셔 대서, 치아가 하나 둘씩 빠지고, 만화도 대부분 외설적인 그림을 그리게 되었습니다. 아니요, 분명히 말하겠습니다. 저는 그때부터 춘화를 베껴서 몰래 팔았습니다. 소주를 사기 위한 돈이 필요했습니다. 언제나 저에게서 시선을 돌리고 안절부절 못하고 있는 요시코를 보자, 이 녀석은 전혀 경계심이 없는 여자이기에 그 상인과 한 번만이 아니었던 것은 아닐까, 또한 호리키와는? 아니, 혹은 내가 모르는 사람과도? 하는 의혹은 의혹을 낳았고, 그렇다고 해서 과감히 그것을 추궁할 용기도 없어서, 예의 불안과 공포로 괴로워하며, 그저 소주를 마시고 취해서는, 간신히 비굴한 유도심문 같은 것을 무서워 떨면서 시도하고, 바보스럽게 속으로는 일희일비하고, 겉으로는 계속해서 우스갯짓을 하고, 그러고 나서 요시코에게 불쾌한 지옥의 애무를 더하고는, 진흙탕처럼 정신없이 자는 것이었습니다.

그해 말, 저는 밤늦게 술에 잔뜩 취해서 집에 돌아왔습니다. 설탕물이 먹고 싶었지만 요시코는 자고 있는 듯했기에, 스스로 부엌에 가서 설탕 통을 찾아서 뚜껑을 열어 보았더니 설탕은 하나도 들어 있지 않고, 검은색의 가늘고 기다란 작은 종이 상자가 들어 있었습니다. 아무렇지 않게 손을 뻗어 그 상자에 붙어 있는 상표를 보고 깜짝 놀랐습니다. 그 상표는 손톱으로 반 이상이나 긁어서, 벗겨져 있었습니다만, 알파벳 부분이 남아 있고, 게다가 정확히 쓰여 있었습니다. DIAL.

디알. 저는 그 당시 매일같이 소주를 마셨기에 수면제를 사용하지는 않았습니다만, 불면증은 저의 지병과 같은 것이어서, 대부분의 수면제는 익숙했습니다. 디알, 이 상자 하나는 확실히 치사량 이상이었습니다. 아직 상자는 개봉되어 있지 않았지만, 언젠가는 그럴 셈으로, 이러한 곳에, 게다가 상표를 벗겨서 숨겨 둔 것입니다. 불쌍하게도 그녀는 상표의 알파벳을 읽지 못했기에, 손톱으로 긁어서 벗겨 놓고, 이대로 괜찮다고 생각했겠지요. '너에게는 죄가 없다.'

저는 소리를 내지 않고 살그머니 컵에 물을 가득 채우고는, 천천히 상자를 열어, 전부 다, 한꺼번에 입안으로 털어 넣고는, 컵 안에 든 물을 침착하게 다 마시고 전등을 끄고 그대로 잠들었습니다.

사흘 낮과 밤, 저는 죽은 듯이 자고 있었다고 합니다. 의사는 과실로 처리하여, 경찰에 신고하는 것을 보류했다고 합니다. 정신이 들기 시작하고 가장 처음 중얼거린 헛소리는, "집에 돌아갈래."라는 말이었다고 합니다. 집이란 어디를 가리켜 말했던 것인지, 당사자인 저로서도 잘 모르겠습니다만, 여하튼 그렇게 말하고 심하게 울었다고 합니다.

점차 안개가 걷히고 보자, 머리맡에 넙치가 매우 언짢은 얼굴을 하고 앉아 있었습니다.

"이전에도 연말이어서, 모두 정말 눈이 돌아갈 정도로 바빴는데, 언제나 연말만 골라서 이런 일을 저지르니, 이쪽 목숨이 더 견딜 수 없군요."

넙치의 이야기를 듣고 있는 사람은 교바시 바의 마담이었습니다.

"마담."

제가 불렀습니다.

"응, 왜 그래? 정신 들었어?"

마담은 웃는 얼굴을 저의 얼굴 위에 포개듯이 하고 말했습니다.

저는 뚝뚝 눈물을 흘리며,

"요시코와 헤어지게 해 줘."

저로서도 뜻밖의 말이 나왔습니다.

마담은 몸을 일으키고는 희미한 한숨을 내쉬었습니다.

그리고 저는, 이것 역시 정말로 생각지도 못한, 우습고 바보같으며, 형용하기 어려울 정도의 실언을 했습니다.

"나는 여자가 없는 곳에 갈 거야."

푸하하, 멈추지 않고 넙치가 큰 목소리를 내며 웃고, 마담도 킥킥 웃기 시작해, 저도 눈물을 흘리면서 얼굴이 뜨거워져 쓴웃음을 지었습니다.

"응, 그러는 게 낫겠다."

라고 넙치는 계속해서 칠칠맞지 못하게 웃으며,

"여자가 없는 곳에 가는 게 낫겠어. 여자가 있으면 아무래도 안 되겠어. 여자가 없는 곳이라니 좋은 발상이에요."

여자가 없는 곳. 하지만 저의 이 바보 같은 헛소리는 훗날에 이르러 매우 음산하게 실현되었습니다.

요시코는 뭔가, 제가 요시코를 대신하여 독을 먹은 거라고 생각했는지, 이전보다도 더욱더, 저에 대해서 어쩔 줄 몰라 했고, 제가 무슨 말을 해도 웃지 않고, 제대로 말도 할 수 없게 되었기에, 저도 아파트 방 안에 있는 것이 답답해서, 그만 밖으로 나가, 늘 그랬던 것처럼 싸구려 술을 들이켜게 되었습니다. 하지만 그 디알 사건 이후, 저의 몸은 두드러지게 마르고, 손발에 힘이 없어져 만화 일에도 게을러져, 넙치가 그때 병문안으로 두고 간 돈(넙치는 그것을 "시부타의 마음입니다."라며 정말로 자기가 주는 돈인 것처럼 내밀었습니다만, 그것도 고향 형들로부터 온 돈인 듯했습니다. 저도 그쯤 되자, 넙치 집에서 도망쳐 나왔던 때와 달리, 넙치의 거드름 피우는 연기를 어렴풋하게나마 알아챌 수 있게 되었기에, 이쪽에서도 교묘하게, 전혀 눈치채지 못한 척하며 얌전히 그 돈에 대한 감사의 말을 했습니다만, 넙치가 어째서 그런 복잡한 행동을 하는지, 알 것 같기도 하고, 모를 것 같기도 하여, 아무래도 저는 이상한 기분이 들었습니다.)으로 용감하게 혼자 미나미이즈 온천에 가 보았습니다. 하지만 저는 그런 느긋한 온천 여행을 할 수 있는 체질이 아니었고, 요시코를 생각하면 쓸쓸함이 끝도 없고, 여관 방 안에서 산을 바라보는 둥 차분한 심경과는 심히 거리가 멀어, 도테라*로 갈아입지도 않고, 탕에도 들어가지 않고, 밖으로 나와서는 지저분한 찻집 같은 곳에 들어가서 소주를 그야말로 들이부을 정도로 마셔

---

*도테라 : 보통의 기모노보다 조금 길고 큰 방한복.

117

서, 몸 상태를 한층 악화시키고 돌아왔습니다.

도쿄에 큰 눈이 내리던 밤이었습니다. 저는 술에 취해서 긴자 뒤를, 여기는 고향에서 몇 백리, 여기는 고향에서 몇 백리, 하며 작은 목소리로 반복해 중얼거리듯이 노래하면서, 계속해서 내리는 눈을 구두 끝으로 차 흩뜨리면서 걷다가, 갑자기 토했습니다. 그것은 제가 한 최초의 객혈이었습니다. 눈 위에 큰 일장기가 생겼습니다. 저는 잠시 웅크리고 앉아서, 더럽혀지지 않은 부분의 눈을 양손으로 퍼, 얼굴을 씻으며 울었습니다.

여기는 어디 골목이지?

여기는 어디 골목이지?

어린 여자아이의 애처로운 노랫소리가 환청처럼 희미하게 먼 곳에서 들려왔습니다. 불행. 이 세상에는 다양하게 불행한 사람들이, 아니, 불행한 사람들뿐이라고 말해도 틀린 말은 아니겠지만, 그러나 그 사람들의 불행은 이 세상을 향해 당당하게 항의할 수 있고, 또한 '세상'도 그 사람들의 항의를 쉽게 이해하고 동정합니다. 하지만 저의 불행은 모두 저의 죄악에서 비롯한 것이기에, 누구에게도 항의할 방법이 없고, 또한 주저하며 한마디라도 항의 같은 말을 하면, 넙치가 아니더라도 세상 사람들 모두, '잘도 그런 소리를 한다.'며 어이가 없어 놀랄 것이 틀림없습니다. 저는 애당초 흔히 말하는 '어리광쟁이'인지, 또는 그 반대로 너무나도 소심한 것인지, 저로서도 이유를 잘 모르겠지만, 어쨌든 죄악덩어리인 듯, 끝도 없이 점점 불행해질 뿐, 그것을 막을 만한 구체적인 방법도 없는 것입니다.

저는 일어나서 우선은 뭔가 적당한 약을 먹어야 한다고 생각해, 근처 약국에 들어가서, 그곳 부인과 얼굴을 마주한 순간, 부인은 플래시를 맞은 것처럼 고개를 들고 눈을 크게 뜬 채 가만히 서 있었습니다. 하지만 그 동그랗게 뜬 눈에는 경악의 빛도 혐오의 빛도 없이, 구원을 바라는 듯한, 그리워하는 듯한 빛이 나타나 있었습니다. 아아, 이 사람도 틀림없이 불행한 사람이다, 불행한 사람은 타인의 불행에도 민감한 법이니까, 하고 생각하는 순간, 그 부인이 목발을 짚고 위태롭게 서 있는 것을 알아차렸습니다. 달려가고 싶은 마음을 억누르고, 계속해서 그 부인과 얼굴을 마주하고 있자 눈물이 나왔습니다. 그러자 부인의 큰 눈에서도 눈물이 뚝뚝 흘러나왔습니다.

단지 그것뿐으로, 한마디 말도 없이 저는 그 약국을 나와 비틀거리며 아파트로 돌아와, 요시코에게 소금물을 만들어 달라고 해서 마시고는, 말없이 잠들고, 다음 날도 감기 기운이라고 거짓말을 하고 하루 종일 잠만 잤습니다. 밤이 되자 제가 했던 객혈이 아무래도 불안해 견딜 수 없어, 일어나 그 약국으로 가서, 이번에는 웃으면서, 부인에게 정말이지 솔직하게 지금까지의 몸 상태를 말하고, 상담했습니다.

"술을 끊지 않으면 안 돼요."

우리들은 혈육 같았습니다.

"알콜중독자가 된 건지도 모르겠습니다. 지금도 마시고 싶어요."

"안 돼요. 저희 남편도 폐결핵이었는데, 균을 술로 죽인다나 뭐라 하며 계속해서 술만 마셔, 자기 스스로 수명을 줄였어요."

"불안해서 아무 것도 못하겠어요. 무서워서, 견딜 수가 없어요."

"약을 드릴게요. 술은 끊으세요."

부인(미망인으로, 남자 아이가 한 명, 그 아이는 치바였는지 어디였는지 의대에 들어가, 얼마 지나지 않아 아버지와 같은 병에 걸려서 휴학해 입원 중이고, 집에는 중풍에 걸린 시아버지가 누워 있고, 부인 자신은 다섯 살 때, 소아마비로 한쪽 다리를 전혀 쓸 수 없게 되었습니다.)은 목발을 딱딱 거리며, 저를 위해 저쪽 찬장, 이쪽 서랍에서 여러 가지 약품을 빠짐없이 내주었습니다.

이것은 조혈제.

이것은 비타민 주사액. 주사기는 이것.

이것은 칼슘 알약. 위장이 상하지 않도록 디아스타아제.

이것은 무엇, 이것은 무엇, 하며 대여섯 종류의 약품에 대해 애정을 담아 설명해 주었습니다만, 이 불행한 부인의 애정 또한 저에게는 너무 깊었습니다. 마지막으로 부인이, 이것은 아무리 해도, 어떡해서든지 술을 마시고 싶어서 견딜 수 없게 될 때의 약이라며, 재빠르게 종이로 싼 작은 상자.

모르핀 주사액이었습니다.

술보다는 해가 되지 않는다고 부인도 말했고, 저도 그것을 믿었고, 또 한편으로는 술의 취기가 불결하게 느껴져 온 때이기도 했고, 오래간만에 알코올이라는 사탄으로부터 벗어날 수 있다는 기쁨도 있어서, 아무런 주저함도 없이 저는 제 팔에 그 모르핀 주사를 놓았습니다. 불안함도, 초조도, 부끄러움도, 깨끗이 사

120

라져 저는 매우 활발한 달변가가 되었습니다. 그리고 그 주사를 놓으면 저는 몸이 쇠약해진 것도 잊고, 만화 일에 열중하여, 스스로 그리면서도 웃음이 터져 버릴 정도로 신기한 발상이 떠오르는 것이었습니다.

하루 한 대만 놓을 생각이, 두 대가 되고, 네 대가 되었을 때, 저는 이제 그것이 없으면 일을 할 수 없을 정도가 되어 있었습니다.

"안 돼요. 중독되면요. 그건 정말 큰일이에요."

약국 부인에게 그런 말을 듣자 저는 정말로 어지간히 중독 환자가 되어 버린 기분이 들어서(저는 사람들의 암시에 정말로 허무하게 걸려드는 체질입니다. '이 돈은 쓰면 안 된다.'라고 말해도, '너의 일이니까.'라는 말을 들으면 뭔가 쓰지 않으면 안 될 것 같고, 기대를 어기는 듯한 이상한 착각이 일어서, 반드시 바로 그 돈을 써 버리는 것이었습니다.), 그 중독에 대한 불안 때문에 오히려 모르핀을 많이 찾게 되었습니다.

"부탁이에요! 한 상자만 더. 계산은 월말에 꼭 할 테니까."

"계산 같은 건 언제고 괜찮지만, 경찰에서 시끄러울 거예요."

아아, 항상 저의 주위에는 무엇인가 혼탁하고, 어둡고, 어딘가 수상한 어둠에 속한 자의 느낌이 감도는 것입니다.

"그건 어떻게든 얼버무리라고 부탁할게요, 부인. 키스해 줄게요."

부인은 얼굴을 붉혔습니다.

저는 점점 더 이용해서,

"약이 없으면 일이 조금도 나아가질 않아요. 나에게 그것은 정력제 같은 것이에요."

"그럼 차라리 호르몬 주사가 좋겠어요."

"바보 취급하지 말아요. 술이든지, 그렇지 않으면, 그 약이든지, 둘 중에 하나가 아니면 일을 할 수가 없어요."

"술은 안 돼요."

"그렇죠? 저는요, 그 약을 쓰게 되고 나서 술은 한 방울도 마시지 않았어요. 덕분에 몸 상태가 매우 좋아요. 저라고, 언제까지고, 엉망인 만화를 그릴 생각은 없어요, 이제부터 술도 끊고, 몸도 고치고, 공부해서, 반드시 훌륭한 화가가 되어 보일게요. 지금이 중요한 시기예요. 그러니까, 네? 부탁할게요. 키스해 줄까요?"

부인은 웃으며,

"곤란한데. 중독되어도 몰라요."

딱딱거리는 목발 소리를 내며 그 약품을 찬장에서 꺼내어,

"한 상자는 다 줄 수 없어요. 바로 다 사용해 버릴 테니까. 반만이에요."

"쩨쩨하기는, 뭐, 어쩔 수 없죠."

집에 돌아와서 바로 한 대, 주사를 놓았습니다.

"아프지 않아요?"

요시코는 안절부절못하며 저에게 물었습니다.

"그럼, 아프지. 하지만 일의 능률을 올리기 위해서는, 싫어도 이것을 맞지 않으면 안 돼. 나 요즘 매우 건강하지? 자, 이제, 일이다. 일. 일."

하며 신나게 떠드는 것입니다.

깊은 밤에 약국 문을 두드린 적도 있었습니다. 잠옷 차림으로, 딱딱거리며 목발을 짚고 나온 부인을 갑자기 끌어안고 키스하며, 우는 시늉을 했습니다.

부인은 말없이 저에게 한 상자를 건넸습니다.

약품도 역시, 소주와 마찬가지로, 아니, 그 이상으로 불쾌하고 불결한 것이라고 절실히 느꼈을 때, 저는 이미 완벽한 중독 환자가 되어 있었습니다. 정말이지 부끄러움을 몰랐습니다. 저는 그 약품을 얻고 싶다는 일념 하나로, 또다시 춘화를 베끼기 시작했고, 그리고 몸이 성치 않은 그 약국 부인과 문자대로 추한 관계까지 맺었습니다.

죽고 싶다, 차라리 죽고 싶다, 이젠 되돌릴 수가 없다, 어떤 것을 해도, 무엇을 하더라도, 엉망진창이 될 뿐이다, 거듭되는 수치일 뿐이다. 자전거로 신록의 폭포를 보러 가는 것 따위를 나로서는 도저히 바랄 수도 없다, 그저 역겨운 죄에 비참한 죄가 더해져, 고뇌가 늘어나고 강렬해질 뿐이다, 죽고 싶다, 죽지 않으면 안 된다, 살아 있는 것이 죄의 씨앗이다, 하고 생각하면서도 언제나 아파트와 약국 사이를 반쯤 미친 상태로 왕복할 뿐이었습니다.

아무리 일을 늘려도, 약의 사용량도 따라 늘어 갔기에, 약값의 빚이 무서울 정도로 늘어나, 부인은 제 얼굴을 보면 눈물을 글썽였고, 저도 눈물을 흘렸습니다.

지옥.

이 지옥에서 벗어나기 위한 최후의 수단, 이것에 실패한다면, 그다음은 목을 매다는 일뿐이다. 신의 존재를 내걸 정도로 결의를 가지고, 저는 고향에 계신 아버지 앞으로 장문의 편지를 쓰고, 저의 상황 모두를(여자에 관한 것은 역시 쓸 수 없었습니다만) 고백했습니다.

하지만 결과는 더욱 악화되어, 아무리 기다려도 아무런 답장도 없어서, 저는 그 초조함과 불안함 때문에, 오히려 약을 더 사용하게 되었습니다.

오늘 밤, 열 대를 한꺼번에 주사를 놓고 큰 강에 뛰어 들자고, 몰래 각오를 한 그날 오후, 넙치가 악마의 감으로 냄새를 맡은 듯이, 호리키를 데리고 나타났습니다.

"자네, 객혈했다면서?"

호리키는 제 앞에 책상다리를 하고 앉아, 그렇게 말하면서, 지금까지 본 적이 없을 정도로 부드럽게 미소 지었습니다. 그 부드러운 미소가 고맙고 기뻐서, 저는 그만 얼굴을 돌려 눈물을 흘렸습니다. 그리고 그 부드러운 미소 하나에, 저는 완전히 무너져서 매장되고 말았습니다.

저를 자동차에 태웠습니다. 여하튼 입원하지 않으면 안 된다, 뒷일은 우리들에게 맡겨 달라, 하며 넙치도 차분한 말투로(그것은 자비심이 깊다고 형용하고 싶을 정도로, 침착한 말투였습니다.) 저에게 권하였고, 저는 의지도 판단도, 아무 것도 없는 자처럼, 그저 훌쩍훌쩍 울면서 온순하게 두 사람의 말에 따랐습니다. 요시코도 포함해 저희 네 사람은 꽤나 오랜 시간 자동차에서 흔들리다, 주변이 어슴푸레해졌을 때, 숲 속에 있는 큰 병원 현관에 도착했습니다.

결핵 요양소로만 생각했습니다.

저는 젊은 의사의 몹시 점잖고 정중한 진찰을 받았는데, 의사는

"음, 잠시 여기서 요양해야겠어요."

라고, 마치 수줍은 듯이 미소를 지으며 말했고, 넙치와 호리키와 요시코는 저만 두고 돌아가게 되었습니다만, 요시코는 갈아입을 옷가지들이 들어 있는 보따리를 저에게 건네면서, 말없이 오비 안에서 주사기와 사용하고 남은 그 약을 꺼냈습니다. 역시 정력제라고만 생각하고 있었던 걸까요.

"아니, 이제 필요 없어."

　정말이지 신기한 일이었습니다. 남이 권하는 것을 거부하기는, 제가 살아 온 인생에 있어, 그때 단 한 번이었다고 말해도 과언이 아닐 정도입니다. 저의 불행은 거부할 능력이 없는 자의 불행이었습니다. 권하는 데 거부하면, 상대방의 마음에도 저의 마음에도, 영원히 고칠 수 없는 금이 갈 것 같은 두려움에 위협받고 있었습니다. 하지만 저는 그때, 그렇게까지 반쯤은 미친 상태가 되어 찾아다닌 모르핀을, 정말이지 자연스럽게 거부했습니다. 요시코의 소위 '하느님 같은 무지'에 한방 맞은 것일까요? 저는 그 순간 이미 중독에서 벗어난 것은 아닐까요?

　하지만 저는 곧바로, 그 수줍은 듯한 미소를 짓는 젊은 의사의 안내를 받아, 어느 병동에 들어갔고, 철컥하고 열쇠가 채워졌습니다. 정신 병원이었습니다.

　여자가 없는 곳에 가겠다는, 그 디알을 먹었을 때 했던 저의 어리석은 헛소리가, 정말로 기묘하게 실현되었습니다. 그 병동에는 남자 미치광이뿐으로 간호사도 남자였고, 여자는 한 명도

없었습니다.

저는 이제 죄인이 아니라 미치광이였습니다. 아니요, 저는 결코 미치지 않았습니다. 한순간이라도 미친 적은 없었습니다. 하지만 아아, 미치광이는 대개 자신이 미치지 않았다고 말한다고 합니다. 즉, 이 병동에 집어넣어진 자는 미친 사람, 그렇지 않은 자는 정상인 듯합니다.

신께 묻겠습니다. 무저항은 죄입니까.

호리키의 그 이상하고 아름다운 미소에 저는 울고, 판단도 저항도 잊고, 자동차를 타고, 여기로 끌려와서 미치광이가 되었습니다. 언젠가 여기를 나가도 저는 역시 미치광이, 아니, 폐인이라는 각인이 이마에 새겨져 있겠지요.

인간 실격.

이제 저는 완벽하게 인간이 아닙니다.

이곳에 온 것은 초여름쯤으로, 철제 격자 창문 사이로, 병원 정원의 작은 연못에 붉은 수련 꽃이 피어 있는 것이 보였습니다만, 그 뒤로 세 달이 지나고 정원에 코스모스가 피기 시작했을 때, 생각지도 못하게 고향에 있는 큰형이 넙치와 함께 저를 데리러 찾아와서, 아버지가 지난달 말에 위궤양으로 돌아가셨다, 우리들은 이제 너의 과거를 묻지 않겠다, 생활 걱정도 하지 않게 할 생각이다, 아무것도 하지 않아도 좋다, 그 대신 여러 가지 미련도 있을 터이지만 바로 도쿄를 떠나 시골에서 요양 생활을 시작해라, 네가 도쿄에서 저지른 일의 뒤처리는 대부분 시부타가 해 주었을 테니, 그것은 신경 쓰지 않아도 좋다, 하고 예의 고지식하고 긴장한 듯한 말투로 말했습니다.

고향의 풍경이 눈앞에 보이는 듯한 기분이 들어, 저는 희미하게 고개를 끄덕였습니다.

완벽한 폐인.

아버지가 돌아가신 사실을 안 뒤로 저는 점점 더 무기력해졌습니다. 아버지가 이제 없다, 나의 마음속에서 한시도 떨어지지 않던, 그 그립고도 두려운 존재가 이젠 없다, 제 고뇌의 항아리가 텅 비어 버린 것 같은 느낌이 들었습니다. 제 고뇌의 항아리가 몹시도 무거웠던 것은 아버지 탓이었던 게 아닐까, 하는 생각조차 했습니다. 완전히 맥이 풀렸습니다. 고뇌할 능력조차 잃어버렸습니다.

큰형은 저에게 한 약속을 정확히 실행했습니다. 제가 태어나고 자란 마을에서 기차를 타고 네다섯 시간 정도 남쪽으로 내려가 도착한 도호쿠에는 신기할 정도로 따뜻한 해변 온천지가 있었고, 마을 외곽에 방 개수는 다섯 칸이나 되었습니다만, 꽤나 오래된 집인 듯 벽은 허물어져 있고 기둥은 벌레가 먹었고, 대부분 수리할 도리가 없을 정도로 허름한 집을 사서 저에게 주고, 예순 가까이 된 머리털이 굉장히 붉은 못생긴 하녀 한 명을 붙여 주었습니다.

그리고 3년이 조금 지나는 동안에, 저는 테츠라는 그 늙은 하녀에게 몇 번 이상한 겁탈을 당했고, 가끔 부부 싸움 같은 것을 비롯해, 가슴 병은 좋아졌다 나빠졌다, 살은 말랐다 쪘다, 혈담이 나오거나 했습니다. 어제는 테츠에게 칼모틴을 사 오라고 마을 약국으로 심부름을 보냈더니, 늘 먹던 것과 다른 모양의 상자에 든 칼모틴을 사 왔습니다. 특별히 저도 신경쓰지 않고 자기 전에 열 알을 먹었는데 조금도 졸립지 않기에, 이상하다고 생각하는 동안, 속이 이상해져서 급히 화장실에 갔더니 맹렬한 설사를 했습니다. 게다가 그 뒤로 연달아 세 번을 더 화장실에 왔다 갔다 했습니다. 의심스러워져서 약 상자를 자세히 보니 그것은 헤노모틴이라는 설사약이었습니다.

저는 반듯이 누워서, 배 위에 따뜻한 수건을 올려놓고는, 테츠에게 잔소리를 하려고 했습니다.

"이건 말이야, 칼모틴이 아니잖아. 헤노모틴이라는 거야."

그렇게 말을 하고, 우후후, 하며 웃어 버렸습니다. '폐인'은, 아무래도 이 단어는 희극 명사인 듯합니다. 자려고 설사약을 먹고, 게다가 그 설사약 이름이 헤노모틴.

지금 저에게는 행복도 불행도 없습니다.

그저, 모든 것은 지나갑니다.

제가 지금까지 아비규환으로 살아온 소위 '인간' 세계에 있어, 단 하나의 진리로 여겨지는 것은, 그것뿐이었습니다.

그저, 모든 것은 지나갑니다.

저는 올해로 스물일곱이 됩니다. 흰머리가 부쩍 늘어나서 많은 사람들이 마흔 살 이상으로 봅니다.

후 기

이 수기를 쓴 미치광이를 나는 직접적으로 알지는 못한다. 하지만 이 수기에 등장하는 교바시 스탠드바의 마담으로 여겨지는 인물을 나는 조금 알고 있다. 몸집이 작고, 얼굴빛이 좋지 않으며, 눈이 가늘게 치켜 올라가고, 코가 오뚝한, 미인이라기보다는 미소년이라고 하는 편이 나을 정도로 딱딱한 느낌을 주는 사람이었다. 이 수기에는 아무래도 쇼와 5년에서 7년*쯤의 도쿄 풍경이 주로 묘사되어 있는 듯한데, 내가 친구에게 이끌려 그 교바시 스탠드바에서 두세 번 정도 하이볼 같은 것을 마신 일은, 예의 일본 '군부'가 슬슬 노골적으로 날뛰기 시작한 쇼와 10년** 전후쯤이었기에, 이 수기를 쓴 남자와는 만날 수 없었다.

그런데 올해 2월, 나는 치바 현 후나바시시로 이사 간 한 친구를 찾아갔었다. 그 친구는, 말하자면 대학 시절 동창으로, 지

---

*쇼와 5년에서 7년 : 1930년부터 1932년.
**쇼와 10년 : 1935년.

금은 어느 여자대학에서 강사로 일하고 있었는데, 실은 나는 이 친구에게 우리 집안사람의 혼담을 부탁해 두어, 그 일도 있고 한 편으로, 뭔가 신선한 해산물이라도 사서 식구들에게 먹이고 싶어, 배낭을 짊어지고 후나바시시로 갔던 것이다.

후나바시시는 갯벌을 바라보고 있는 꽤 큰 마을이었다. 새롭게 이사 온 그 친구의 집은, 그 지역 사람들에게 주소로 물어보아도 좀처럼 알 수 없었다. 추운데다가 배낭을 맨 어깨가 아파왔기에, 나는 레코드 바이올린 소리에 이끌리듯 어느 찻집 문을 열었다.

그곳 마담을 본 적이 있는 듯하여 물어 보았더니, 아니나 다를까, 10년 전 그 교바시 작은 바의 마담이었다. 마담도 나를 바로 기억해 낸 듯, 서로 야단스럽게 놀라며 웃고, 이런 경우 늘 이야기하는, 공습으로 타 없어져 버린 서로의 경험담을, 묻지도 않았는데 정말이지 자랑스럽게 말하고,

"그런데 마담은 하나도 변하지 않았네요."

"아니에요, 이제 할머니인걸요. 몸도 삐걱거리고. 당신이야말로 젊네요."

"천만에요, 아이가 벌써 세 명이나 있는걸요. 오늘은 그 녀석들을 위해서 뭔가 사러 왔어요."

라며 이것 또한, 오래간만에 만난 사람끼리 나누는 정해진 듯한 인사를 하고는, 서로 공통되는 지인의 소식을 묻거나 했다. 그러다가 갑자기 마담은 말투를 바꾸며, "당신, 요조를 알고 있었던가요?" 하고 물었다. 그런 분은 모른다고 대답하자, 마담은 구석으로 가서 세 권의 노트와 세 장의 사진을 가지고 와서 나에

게 건네며,

"뭔가, 소설 재료가 될지도 모르겠어요."

라고 말했다.

나는 다른 사람이 주는 소재로는 어떤 것도 쓸 수 없는 성격이기에, 바로 그 자리에서 돌려주려고 생각했지만(세장의 사진의 괴기함에 대해서는 서두에도 써 두었다), 그 사진에 마음이 끌렸고, 어찌 되었든 노트를 맡게 되었다. 돌아오는 길에 다시 여기로 들리겠습니다, 그런데 무슨 마을 몇 번지에 아무개라는 여자대학에서 선생을 하고 있는 사람의 집을 모르시는지요, 하고 물어보자, 역시 새로운 주민끼리여서 그런지 알고 있었다. 이따금 이 찻집에도 얼굴을 비춘다고 했다. 바로 근처였다.

그날 밤, 친구와 약간의 술을 서로 주고받으며, 하루 자고 가기로 해서, 나는 아침까지 한숨도 자지 않고, 그 노트를 읽었다.

그 수기에 쓰여진 것은 옛날 이야기였지만, 요새 사람들이 읽어도 꽤나 흥미를 가질 만한 내용이었다. 서투르게 내 손을 대기보다는 이대로, 어디 잡지사에 부탁해서 발표하는 편이 더욱 의미 있을 거라 생각되었다.

아이들을 위한 해산물은 건어물뿐으로, 나는 배낭을 메고 친구와 헤어져 전날의 찻집에 들렀다.

"어제는 감사했어요. 그런데……"

라고 바로 말을 꺼내기 시작해,

"이 노트 좀, 잠시 빌려주실 수 있습니까?"

"네, 그러세요."

"이 사람은 아직 살아 있나요?"

"글쎄, 그건 확실히 모르겠어요. 10년 전쯤, 교바시 가게 앞으로 그 노트와 사진이 든 소포가 도착했어요. 보낸 사람은 요조가 틀림없는데, 그 소포에는 요조의 주소는 물론 이름조차도 쓰여 있지 않았어요. 공습 때 다른 것과 함께 이것도 이상하리만큼 살아남았네요. 얼마 전에 저는 처음으로 전부 읽어 보고……,"

"울었습니까?"

"아니요. 울기보다는……, 안 되겠죠, 인간도 그렇게 되어서는, 더는 안 되겠죠."

"그 후로, 10년이라면 이제 돌아가셨을지도 모르겠네요. 이것은 마담에게 감사의 표시로 보내온 거겠지요. 다소 과장해서 쓴 듯한 부분도 있긴 하지만, 마담도 꽤나 심한 피해를 입은 듯하네요. 만일 이것이 전부 사실이고, 제가 이 사람의 친구였다면, 저역시도 정신 병원에 데려가고 싶었을지도 모르겠어요."

"그 사람 아버지가 나쁜 거예요."

마담이 아무렇지 않은 듯이 말했다.

"우리가 알고 있던 요조는 매우 순진하고 마음 씀씀이가 좋은……, 술만 마시지 않았더라면, 아니, 마셔도……, 하느님같이 착한 아이였어요."

세상을 향한 사랑과 포기의 경계선에서

'수치스러운 일이 많은 생애를 살아왔습니다.'라는 주인공의 고백으로 시작되는 『인간 실격』은 다자이 오사무에게 있어서 생애 말년의 고백과도 같은 작품이다. 다자이 오사무는 『인간 실격』 완성 후 내연녀와 함께 다마강에 투신하여 죽은 채 발견되었다. 비극적이게도 1948년 6월 19일, 그의 나이 39세 되는 생일날이었다.

그의 인생은 계속되는 죄의식과 자살 시도, 그 굴레의 반복이었다고 해도 과언이 아니다. 39세라는 젊은 나이에 죽음을 맞이하기까지, 그는 다섯 번이나 자살을 시도하며 삶과 죽음 사이에서 끊임없이 괴로워했던 인물이었다.

다자이 오사무의 대표작이며 그가 완성한 마지막 작품인 『인간 실격』은 1948년 잡지 〈전망(展望)〉에 6월부터 8월까지 3회에 걸쳐 게재되었다. 이 작품은 크게 두 부분으로 나뉠 수 있는데, 주인공 오바 요조의 고백이 담긴 세 편의 수기와 그 수기를 소개하는 '나'라는 화자가 작성한 서문과 후기이다. 세 편의 수기에 나타나 있는 요조의 삶은 작가 다자이 오사무의 삶과 많은 부분이 닮아 있다. 계속되는 자살 시도, 동반 자살을 꾀했지만 자신만 살아남았다는 죄의식, 그리고 이후 정신 병원에 들어가게 된 신세까지, 작품을 읽다 보면 다자이의 실제 삶이 그대로 투영되어 있는 것을 알 수 있다. 그래서 독자들은 세 편의 수기를 소개하는 작가 '나'라는 화자보다는 수기의 주인공인 오바 요조에게 다자이의 모습을 겹쳐 보려는 시도를 하게 된다. 하지만 요조를 다자이 오사무의 분신으로 보기보다, 다자이 오사무의 정신과 사고가 허구화된 형태로 나타나 있다고 보아야 이 작품을 더 폭넓게 이해할 수 있다. 그러한 근거로 서문과 후기의 화자인 '나'는 독자들에게 요조에 대한 이러한 시각을 객관적으로 제시하는 역할을 담당한다.

『인간 실격』은 인간을 믿고 사랑하고 싶었지만 그 방법을 몰랐던, 스스로를 폐인이며 인간 실격자라 여겼던 서투른 한 사람의 고백서와 같은 작품이다. 다자이 문학의 대표적 평론가인 오쿠노 다케오는 이 작품에 대해 "처음으로 자신만을 위해서 쓴 작품이며, 내면적 진실의 정신적 자서전"이라 평가하고 있다.

『인간 실격』은 다자이 오사무 작품 세계의 특징인 죄의식과 소외감이 주요한 테마로 작용하고 있으며, 주인공이 이야기하는 세 편의 수기는 이러한 죄의식과 소외감으로 인해 괴로워하는 요조의 모습을 그대로 보여 준다.

첫 번째 수기에서 요조는 '인간의 생활이라는 것이 도통 이해가 가지 않는다'며 타인과 자신 사이의 거리감, 그로 인한 세상으로부터의 소외감에 대해 이야기하고 있다. '주변 사람의 괴로움의 성질이나 정도'를 모르는 것은 물론이며, 행복에 대한 '세상 모든 사람들의 관념'과 자신의 관념이 어긋난 데서 온 소외의식은 그로 하여금 사람들에게 '우스갯짓'이라는 방법을 시도하게 한다. 그것은 요조에게 있어서 아무리 해도 단념할 수 없는 인간을 향한 '최후의 구애'였으며, 세상을 살아갈 수 있는 안전한 방법이었다. '우스갯짓'을 통해 그는 철저하게 '무(無)'의 상태가 되고, '바람'과 '하늘'처럼 세상 안에 존재하지만 세상으로부터 시선을 받지 않는 존재로서 자신을 보호한다. '진심을 말하지 않는 아이'로서 '우스갯짓'을 하는 요조는 내면에 진짜 자신의 모습을 감추게 된 것이다.

이렇듯 요조가 세상에서 소외감을 느끼는 원인에는 신뢰와 불신이라는 의식이 크게 작용한다. 서로를 불신하며 속고 속이는 것에 태연한 인간 세상이 난해했던 요조는 하녀들로부터 당한 범죄를 누구에게도 말하지 못한다. 작가는 그 이유를 "인간이 '요조'라는 저에 대해 신용의 껍질을 굳게 닫고 있었기 때문"이라고 직접적으로 고백하고 있다.

가정 안에서의 불신과 소외감은 가정을 벗어난 타향의 삶이 그려진 두 번째 수기에도 계속해서 이어진다. 요조는 세상을 향한 통로인 '우스갯짓'도 익숙해졌으며, 그 '우스갯짓'을 통해 이제는 자신의 정체를 완벽히 '은폐'할 수 있는 경지에 이른다. 세상에 대한 소외감 때문에 불가피하게 선택했던 '우스갯짓'이라는 방법이 '은폐'라는 결과로 나타난 것이다. 하지만 자신의 정체를 '은폐'할 필요성조차 느끼지 못한 다케이치라는 인물에게 자신이 세상을 속이고 있음을 간파당했을 때, 그는 처참한 지옥의 맛을 보게 된다. 그 후, 자신과 닮은 호리키라는 인물로부터 '술과 담배, 매춘부, 전당포, 좌익 사상'을 배우게 되고, 그것들을 통해 인간에 대한 공포심을 잠시나마 완화시킬 수 있었지만, 완벽한 해결책은 되지 못한다. 그래서 요조는 하룻밤을 함께 보낸 여인 쓰네코와 가마쿠라 바다에서 동반 자살을 시도한다. 하지만 이 자살 시도는 실패로 돌아가고, 엎친 데 덮친 격으로 요조는 자신만 살아남았다는 죄의식 속에서 살아가기 시작한다.

그의 죄의식은 세 번째 수기에서 더욱 심해진다. '하느님의 사랑'은 믿지 못하고 '하느님이 내리는 벌'만을 믿으며 두려워하게 되고, '하느님의 채찍을 받기 위해, 힘없이 고개를 떨구며 심판대로 향하는 것'이 신앙이라고 정의 내리는 상태에까지 이른 것이다. 하지만 호리키와의 대화를 통해 요조는 세상의 실체에 대해 고민하며, '세상이란 개인이 아닐까'라는 새로운 사고를 하게 되고, 이제껏 드러낼 수 없었던 자신의 의지를 조금이나마 표현하며 살아가게 된다. 이후, 자신을 향해 '무구한 신뢰심'을 가진 순수한 요시코를 만나게 되고 그녀와 지내는 가운데 자신도 점점 '인간'다워지는 것은 아닐까 하는 희망을 품게 된다. 하지만 그것도 잠시, 요조는 요시코가 겁탈당하는 장면을 목격하고는 완벽하게 세상과 단절되고 소외되어 버린다. '불신의 예'가 충만한 인간 세계 속에서 괴로워했으며 '사람을 믿는 능력에 금이 가버린 자'였던 요조에게 요시코는 신뢰의 상징이었다. 그러한 요시코의 '무구한 신뢰심'을 사랑했던 요조는 요시코가 겁탈당하는 장면을 목격하고 그저 도망칠 수밖에 없었던 사건으로 하여금 돌이킬 수 없는 절망감에 빠지게 된다.

하지만 요조는 그 또한 자신의 죄 때문이라고 고백한다. 그의 내면에 강하게 자리잡은 죄의식은 불행의 원인이 자신의 죄악에서 비롯되었기에 용서나 항의조차도 할 수 없었다고 말하며, '죄악 덩어리'인 자신 속에서 점점 황폐해져 간다.

'유일한 희망'이었던 요시코의 '아름다운 성품'조차 의심하게 된 요조는 요시코가 숨겨 둔 수면제를 먹고 또다시 자살을 시도하지만, 이 또한 실패로 돌아간다. 이후 약물에 의지해 괴로움을 해결하려던 것도 역시 신뢰와 불신 그리고 죄의식 속에서 괴로워하는 요조를 도와주지 못한다. 한 번 더 자살을 시도하려던 요조에게 호리키가 이전에 보여 주지 않았던 '부드러운 미소'로 찾아오고, 그 미소를 신뢰해 따라갔던 곳이 결핵 요양소가 아닌 정신 병원임을 알았을 때, 그는 '인간'으로서 자신의 존재를 완벽히 포기하게 된다. 신뢰와 불신, 그 사이에서 괴로워하던 그는 '완벽한 폐인', '인간 실격'으로서 자신을 규정짓게 된 것이다. 그러한 요조에게 인생이란 행복도 불행도 아닌, '그저 모든 것은 지나간다는 것', 그뿐이었다.

이처럼 주인공 오바 요조의 삶은 신뢰와 불신 사이에서 느끼는 괴로움과 그로 인해 얻게 된 소외감과 죄악감으로 점철되어 있다. 하지만 이 작품의 말미에 표현된 '하느님같이 착한 아이'였다는 요조에 대한 평가는 우리로 하여금 요조를 통해 세상을 다시 보게 한다. 이는 서로 속고 속이는 불신 속에서 살아가는 세상에 대한 작자 다자이 오사무의 날카로운 지적이며, 그러한 세상 속에서 연약하게 무너질 수밖에 없었던 자신과 동류의 사람에 대한 통탄의 고백과도 같은 것이었다.

인간다운 것은 과연 무엇인가? 인간이란 존재는 무엇인가? 이에 대한 고민을 작가는 현시대를 살아가는 우리에게도 던지고 있다.

– 옮긴이 김아영

《다자이 오사무 연보》

1909년 6월 19일 본명은 쓰시마 슈지이며, 일본 아오모리 현 쓰가루의 대지주인 아버지 쓰시마 겐우에몬과 어머니 다네 사이에서 11남매 중 열째로 태어남. 사회적인 일로 바쁜 아버지와 병약한 어머니로 인해 이모 기에와 유모 다케의 손에 길러짐.

1923년 아오모리중학교 입학.

　귀족원 의원으로 재임 중이던 아버지가 도쿄에서 사망.

1927년 히로사키고등학교 문과에 입학.

　동경하던 아쿠타가와 류노스케의 자살에 큰 충격을 받고 학업에서 멀어졌고 요릿집에 드나들며 게이샤 출신의 오야마 하쓰요를 알게 됨.

1928년 좌익 정치 운동에 발을 들여놓게 됨. 직접 운동에 가담하지는 않았지만 자금 원조와 아지트 제공 등의 역할을 함.

1929년 중학 시절부터 수면제로 사용해 온 약물인 칼모틴으로 기말고사 전날 처음으로 자살을 기도함. 떨어진 성적과 입시에 대한 중압감, 자신의 출신 계급에 대한 고민 등에서 기인한 것으로 추측됨.

1930년 도쿄제국대학 불문과에 입학함. 곧바로 작가 이부세 마스지를 만나 평생 사제 관계를 맺게 됨.

　정치 운동에 참여한 사실이 집안에 알려지게 되어 11월 19일, 각서를 쓰고 집안에서 제적을 당함.

　11월 24일, 오야마 하쓰요와 약혼함.

　11월 28일, 긴자의 카페 여급이며 유부녀였던 다나베 아쓰미와 함께 동반 자살을 기도하지만 여자만 사망함. 자살 방조죄로 구속되었으나 기소유예로 풀려남. 하지만 여자만 죽고 자신은 살아남았다는 죄의식을 갖게 되고, 이 사건은 작품에서 수중 투신자살로 표현됨.

1931년 가족의 심한 반대에도 불구하고 오야마 하쓰요와 동거를 시작.

1932년 아오모리 경찰서에 출두하여 공산주의 운동에 더 이상 참여하지 않을 것을 약속하고, 그 대가로 매월 생활비 지불을 약속받음. 이로써 공산주의 운동에서 발을 빼지만 생활의 어려움을 이유로 전향한 것에 스스로 상처를 받게 됨. 「추억」을 집필.

1933년 다자이 오사무라는 필명을 처음으로 사용하며 〈선데이 도오〉지에 「열차」를 발표.

1935년 대학에서 낙제가 확정되고 미야코 신문사의 입사 시험에도 낙방함. 목을 매는 것으로 세 번째 자살을 시도하나 끈이 끊어져 미수에 그침.

급성맹장염 수술을 받은 후 복막염으로 악화되어 진통제로 사용했던 파비날에 중독됨. 퇴원 후 아쿠타가와 류노스케상 후보에 오르나 차석에 그침.

1936년 제3회 아쿠타가와 류노스케상 후보로 지명되지만 이미 후보에 올랐던 작가는 제외된다는 이유로 탈락하여 큰 충격을 받음.

약물 중독에 시달리던 중 이부세 마스지와 오야마 하쓰요의 권유로 병원에 입원하나, 결핵 치료가 아닌 정신 병원이라는 사실에 배신감을 느낌.

15편의 작품이 수록된 첫 번째 창작집 『만년』을 발간.

1937년 하쓰요의 간통 사실을 알게 되어 동반 자살을 시도하나 미수에 그치고, 두 사람은 결별함으로써 7년간의 동거 생활이 끝남.

중일 전쟁 발발.

1938년 야마나시 현의 한 찻집에 은거하며 이부세 마스지에게 '픽션으로서 밝은 제재만을 선택할 예정'이라는 내용이 담긴 편지를 보냄.

〈신조〉지에 「오바스테」를 발표함.

장편소설 『불새』를 집필하나 미완으로 남음.

이시하라 미치코를 만남.

1939년 이시하라 미치코와 결혼.

「개 이야기」를 비롯해 「여학생」, 「사랑과 미에 대하여」 등 많은 작품들을 발간했고, 특유의 유머러스한 필치가 주목받음.

1940년 안정된 생활 가운데 이전과 다른 경향의 작풍을 보이기 시작함. 이때부터 동양과 서양의 고전과 민화, 성서, 셰익스피어 등의 작품을 자신만의 상상력으로 재해석하여 번안한 작품을 많이 발표함.

1941년 오타 시즈코와 만나 문학 수업을 이유로 교제를 시작함.

태평양 전쟁 발발.

최초의 장편소설 『신햄릿』을 발간.

1942년 어머니가 위독하다는 소식을 듣고 고향을 방문. 어머니 사망.

1944년 고향 쓰가루에서 얻은 경험을 기술한 자전적 소설 『쓰가루』

를 집필하고 발간.

1945년 태평양 전쟁 종식.

　해학과 웃음으로 다자이 오사무의 대표작으로 빠지지 않는 작품이며, '최고의 작품', '완벽한 예술' 등으로 높이 평가된 『오토기조시』를 발간.

1946년 전쟁 종식 후 처음으로 집필한 서간문 형식의 소설 『판도라의 상자』를 발간.

1947년 아내와의 사이에서 둘째 딸이 태어나고, 같은 해 오타 시즈코와의 사이에서도 딸 하루코(현재 소설가이자 산문 작가)가 태어남.

　미용실에서 일하던 유부녀 야마자키 도미에를 알게 됨.

　오타 시즈코의 일기를 바탕으로 『사양』을 집필. 집필을 마칠 때쯤 주량이 늘고 심한 불면증에 시달림. 책이 출간되자 패전국이 된 일본인들의 몰락 의식과 결부되어 베스트셀러에 오름.

1948년 3월부터 『인간 실격』을 집필하기 시작함.

　폐결핵이 악화되어 객혈을 하고 불면증은 더욱 심해짐.

　6월 13일 야마자키 도미에와 다마강에 투신해 6월 19일 아침에 사체로 발견됨. 이로써 〈아사히 신문〉에 연재 중이던 유머소설 「굿바이」가 미완의 유작으로 남게 됨.

다자이 오사무 본명은 쓰시마 슈지로 1909년 일본에서 태어났다. 성적도 우수하고 모범적인 학생이었던 그는 1927년 고등학교 재학 시절, 동경했던 작가 아쿠타가와 류노스케의 자살 소식을 접한 후 학업에서 멀어졌으며 게이샤들과 어울리는 생활을 했다. 평생 다섯 번의 자살 시도를 했고, 사회주의 운동을 한 사실로 인해 집안에서 의절당하기도 했으며, 약물 중독과 빚 그리고 생활고에서 벗어나지 못하는 삶의 연속이었다. 1938년 이시하라 미치코와 결혼한 후 얼마 동안 정신적·신체적으로 안정된 생활을 하면서 「개 이야기」를 비롯해 「여학생」, 「사랑과 미에 대하여」 등 이전과 다른 밝고 유머러스한 작풍으로 주목받았고, 1945년 그의 작품 세계의 한 축이 된 해학과 웃음으로 대표되는 작품 『오토기조시』가 발간되었다. 1948년 투신자살로 39세의 짧은 생을 마감한 다자이 오사무의 대표작 『사양』과 『인간 실격』은 가장 많이 애독되고 있다.

김아영 성신여자대학교 일어일문학과를 졸업하고 동대학원에서 일본문학으로 석사학위를 받았다. EBS 학교출판기획부에서 다년간 대입 수능 교재를 점검했으며, 현재 성신여자대학교 교양학부에서 일본어를 가르치고 있다. 옮긴 책으로 『인간 실격』이 있다.

클래식 보물창고에는
오랜 세월의 침식을 견뎌 낸
위대한 세계 문학 고전들이 총망라되어 있습니다.
세대와 시대를 초월하여 평생을 동반할 '내 인생의 책'을
〈클래식 보물창고〉에서 만나 보세요.

1. 이상한 나라의 앨리스 루이스 캐럴 지음 | 황윤영 옮김

특유의 유쾌한 상상력과 말놀이, 시적인 묘사와 개성적인 캐릭터, 재치 넘치는 패러디와 날카로운 사회 풍자로 아동청소년문학사와 영문학사에 큰 획을 그은 루이스 캐럴의 환상동화.
★BBC 선정 영국인 애독서 100선   ★학교도서관사서협의회 추천도서

2. 키다리 아저씨 진 웹스터 지음 | 원지인 옮김

서간문이라는 독특한 형식과 소녀적 감성이 결합된 성장기이자 로맨스 소설! 20세기 초 사회의 모순을 고발하고 개혁을 주장했던 진보적인 사상은 페미니즘 문학으로서의 의미를 더한다.
★학교도서관사서협의회 추천도서

3. 보물섬 로버트 루이스 스티븐슨 지음 | 민예령 옮김

인간이 가진 절대적인 선과 악을 그린 세계 최초의 해양모험소설. 영국 빅토리아 시대의 흥미진진한 꿈과 낭만을 대변하는 동시에 선악의 경계를 아슬아슬하게 줄타기하는 인간의 욕망을 고찰한다.
★BBC 선정 영국인 애독서 100선

4. 노인과 바다 어니스트 헤밍웨이 지음 | 민예령 옮김

헤밍웨이 문학의 총 결산이자 미국 현대문학의 중추로 일컬어지는 걸작. 생애의 모든 역경을 불굴의 투지로 부딪쳐 이겨 내는 인간의 모습을 하드보일드한 서사 기법과 절제미가 돋보이는 문체로 형상화했다.
★노벨 문학상 수상작가   ★퓰리처상 수상작   ★노벨연구소 선정 세계문학 100선
★대학수학능력시험 출제 작품

5. 하늘과 바람과 별과 시 윤동주 지음 | 신형건 엮음

우리나라 사람들이 가장 많이 애송하는 '민족 시인' 윤동주의 문학 세계를 엿볼 수 있는 시와 산문을 한데 모았다. 시대의 아픔을 성찰하며 정면으로 돌파하려 한 저항 정신은 물론이고 인간 윤동주의 맨얼굴을 만날 수 있다.
★연세대 필독도서 200선

6. 봄봄 동백꽃 김유정 지음

어려운 현실을 풍자와 해학으로 극복한 한국 근대소설의 정수, 김유정의 대표작을 모았다. 원전을 충실하게 살려 아름다운 우리말을 풍요롭게 담고, 토속적 어휘는 풀이말을 달아 이해를 도왔다.

7. 거울 나라의 앨리스 루이스 캐럴 지음 | 황윤영 옮김

『이상한 나라의 앨리스』보다 한층 탄탄해진 구성과 논리적인 비유를 통해 보다 깊고 넓어진 재미와 감동을 선사하는 후속작. 현실 속의 정상과 비정상, 논리와 비논리, 의미와 무의미의 경계를 고찰한다.
★BBC 선정 영국인 애독서 100선   ★명사 101명이 추천한 파워클래식   ★학교도서관사서협의회 추천도서

8. 변신 프란츠 카프카 지음 | 이옥용 옮김

현대인의 고독과 불안을 그림으로써 20세기 실존주의 문학의 발전에 커다란 영향을 끼친, 20세기 문학계에서 가장 난해한 '문제작가'로 꼽히는 프란츠 카프카의 대표작을 모았다. 원전에 충실한 번역으로 특유의 문체가 지닌 묘미를 만끽할 수 있다.
★서울대 권장도서 100선   ★연세대 필독도서 200선   ★미국대학위원회 SAT 권장도서

9. 오즈의 마법사 L. 프랭크 바움 지음 | 최지현 옮김

영화, 뮤지컬, 온라인 게임 등 다양한 장르로 재생산되어 지구촌 대중문화를 견인함으로써 문화 콘텐츠가 가지는 파급력의 정도를 생생하게 보여 주는 세기의 고전. 짜릿한 모험담 속에 담긴 치유의 기운이 마법 같은 순간을 선물한다.

★학교도서관사서협의회 추천도서

10. 위대한 개츠비 F. 스콧 피츠제럴드 지음 | 민예령 옮김

미국 현대 문학의 거장으로 꼽히는 F. 스콧 피츠제럴드의 대표작. 미국에서만 한 해 30만 부 이상 팔리는 스테디셀러로, 재즈 시대를 살았던 젊은이들의 욕망과 물질문명의 싸늘한 이면을 담아 낸 명실공히 미국 현대 문학의 최고작.

★《타임》지 선정 100대 영문 소설   ★미국대학위원회 SAT 권장도서
★《뉴스위크》지 선정 100대 명저   ★BBC 선정 꼭 읽어야 할 책

11. 오 헨리 단편선 오 헨리 지음 | 전하림 옮김

평범한 소시민의 일상과 삶의 애환을 따뜻한 시선으로 그린 오 헨리 문학의 정수로 손꼽히는 작품을 모았다. 인도주의적 가치관 위에 부조된 작가적 개성의 특출함을 만끽할 수 있다.

12. 셜록 홈즈 걸작선 아서 코난 도일 지음 | 민예령 옮김

세기의 캐릭터와 함께 펼치는 짜릿한 두뇌 게임. 치밀한 구성과 개연성 있는 전개, 호기심을 자극하는 독특한 설정이 포진되어 있음은 물론, 추리의 과정부터 카타르시스가 느껴지는 결말이 펼쳐져 있는 매력적인 소설.

13. 소공자 프랜시스 호즈슨 버넷 지음 | 원지인 옮김

사랑의 입자를 뭉쳐 만들어 놓은 것 같은 캐릭터를 통해 사랑의 선순환을 형상화한 소설. 순수한 직관과 무한한 잠재력을 지닌 동심의 세계를 느낄 수 있다.

14. 왕자와 거지 마크 트웨인 지음 | 황윤영 옮김

대중성과 작품성을 겸비해 '미국 현대문학의 아버지'로 평가받는 마크 트웨인의 대표작으로 '뒤바뀐 신분'이라는 숱한 드라마의 원조 격인 소설. 부조리하고 불합리한 사회상에 대한 날카로운 비판과 통쾌한 풍자 속에 역사적 지식과 상상력을 담아 냈다.

15. 데미안 헤르만 헤세 지음 | 이옥용 옮김

자신의 내면세계를 향해 고집스럽게 걸음을 옮긴 주인공 싱클레어의 성장을 그린 영원한 청춘의 성서. 철학, 종교, 인간을 끊임없이 탐구했던 작가의 깊이 있는 시선과 인간 내면의 양면성에 대한 치밀한 묘사가 시선을 사로잡는다.

★노벨 문학상 수상작가

16. 말괄량이와 철학자들 F. 스콧 피츠제럴드 지음 | 김율희 옮김

재즈 시대의 자유분방한 젊은이들의 풍속도를 그린 F. 스콧 피츠제럴드의 소설집. 1920년대 고동치는 젊은이의 맥박을 생생하게 전달했다는 평가를 받는 작품들을 모았다.

17. 벤자민 버튼의 시간은 거꾸로 간다 F. 스콧 피츠제럴드 지음 | 김율희 옮김

70세의 노인으로 태어나 결국 태아 상태가 되어 삶을 마감하는 벤자민 버튼의 일생을 그린 환상소설을 비롯해 『위대한 개츠비』의 전신이라고 할 수 있는 F. 스콧 피츠제럴드의 작품들을 모았다. 실험적이고 혁신적인 화법으로 생생하게 형상화한 재즈 시대를 만끽할 수 있다.

18. 이방인 알베르 카뮈 지음 | 이효숙 옮김

출간과 동시에 하나의 사회적 사건으로까지 이야기된 알베르 카뮈의 대표작. 부조리하고 기계적인 시스템 속에서 인간이 부딪치게 되는 절망적 상황을 짧고 거친 문장 속에 상징적으로 담아낸, 작품 자체가 '이방인'인 소설.

★노벨 문학상 수상작가   ★노벨연구소 선정 세계문학 100선

19. 크리스마스 캐럴 찰스 디킨스 지음 | 김율희 옮김

영국의 대문호 찰스 디킨스의 작가 정신과 개성이 고스란히 담겨 있는 대표작. 19세기 영국 사회의 구조적 모순과 크리스마스 정신, 인간성의 회복을 그린 영원한 고전이자 크리스마스의 상징이 되어 버린 소설.

★BBC 선정 영국인 애독서 100선   ★학교도서관사서협의회 추천도서

20. 이솝 우화 이솝 지음 | 민예령 옮김

2,500년 동안 이어져 온 삶의 지혜와 철학을 담은 인생 지침서이자 최고(最古)의 고전! 오랜 세월 인류가 축적해 온 지식과 철학이 함축되어 있으며 남녀노소 누구나 읽을 수 있는 인류의 고전이라 할 수 있다.

21. 수레바퀴 아래서 헤르만 헤세 지음 | 함미라 옮김

작가의 자전적 경험이 녹아들어 있는 헤르만 헤세의 대표적인 성장소설. 총명한 한 소년이 개인의 자유와 개성을 억압하는 딱딱한 교육 제도와 권위적인 기성 사회의 벽에 부딪혀 비극으로 치닫는 이야기를 섬세하게 그리고 있다.

★노벨 문학상 수상작가   ★서울대 선정 고전 200선   ★국립중앙도서관 청소년 권장도서

22. 너새니얼 호손 단편선 너새니얼 호손 지음 | 한지윤 옮김

『주홍 글자』로 유명한 호손은 에드거 앨런 포, 허먼 멜빌과 더불어 미국 낭만주의 문학의 3대 거장으로 꼽힌다. 이 책은 45년간 우리나라 교과서에 실리기도 했던 「큰 바위 얼굴」을 비롯해 호손 문학의 대표 단편소설 11편을 실었다.

23. 에드거 앨런 포 단편선 에드거 앨런 포 지음 | 황윤영 옮김

「검은 고양이」, 「모르그 거리의 살인 사건」 등으로 유명한 에드거 앨런 포는 미국 낭만주의 문학의 거장이자 단편문학의 시조이며 추리 소설의 창시자이기도 하다. 기괴하고 환상적인 소재를 통해 인간 내면의 광기와 복잡한 심리를 치밀하게 형상화했다.

★미국대학위원회 SAT 권장도서   ★노벨연구소 선정 세계문학 100선

24. 필경사 바틀비 허먼 멜빌 지음 | 한지윤 옮김

장편소설 『모비 딕』의 작가 허먼 멜빌은 에드거 앨런 포, 너새니얼 호손과 함께 미국 낭만주의 문학의 3대 거장으로 꼽힌다. 정체불명의 필경사 바틀비의 '선호하지 않는' 태도와 철학은 갑갑한 현실 속에서 우리에게 깊은 공감과 위로를 이끌어 낸다.

25. 1984 조지 오웰 지음 | 전하림 옮김

『멋진 신세계』, 『우리들』과 더불어 세계 3대 디스토피아 소설로 불리는 걸작으로, 가공의 국가 오세아니아의 전체주의 지배하에서 인간의 존엄을 지키고자 했던 한 인물이 파멸되어 가는 과정을 그렸다. 오늘날에도 여전히 유효한 이 작품 속 경고는 시간이 지날수록 그 힘이 더욱 강력해지고 있다.

★〈뉴스위크〉지 선정 세계 100대 명저   ★〈타임〉지 선정 '20세기 최고의 책 100선'
★노벨연구소 선정 세계문학 100선   ★〈모던 라이브러리〉 선정 '20세기 100대 영문학'

26. 걸리버 여행기 조너선 스위프트 지음 | 김율희 옮김

풍자 문학의 거장 조너선 스위프트의 『걸리버 여행기』는 결코 온순하지 않다. 이 작품의 원문은 18세기 영국의 정치와 사회뿐만 아니라 인간의 본성을 신랄하게 풍자하고 있기 때문이다. 이 무삭제 완역본에는 스위프트가 고찰한 인간과 사회를 관통하는 통렬한 아이러니가 고스란히 담겨 있다.

★서울대 선정 고전 200선 ★미국대학위원회 SAT 권장도서
★〈뉴스위크〉지 선정 100대 명저 ★노벨연구소 선정 세계문학 100선

27. 헤르만 헤세 환상동화집 헤르만 헤세 지음 | 이옥용 옮김

헤세의 대표적인 동화 16편이 실린 작품집으로, 자기 발견과 자아실현을 위한 갈등과 모색을 독창적이면서도 환상적으로 표현했다. 또한 난쟁이, 마법사, 시인 등 신비로운 인물들과 천일야화, 중국과 인도의 민담, 신화 등 초자연적이면서도 경이로운 이야기들이 다채롭게 펼쳐진다.

★노벨 문학상 수상작가

28. 별 마지막 수업 알퐁스 도데 지음 | 이효숙 옮김

특유의 시적 서정성과 감수성으로 19세기 말 프랑스의 정취를 그려 낸 작가 알퐁스 도데의 단편 소설을 모았다. 그의 대표작 『별』부터 전쟁의 비극을 감동적으로 풀어 낸 『마지막 수업』까지 알퐁스 도데의 진면목을 만끽할 수 있는 작품 15편이 들어 있다.

29. 피터 팬 제임스 매튜 배리 지음 | 원지인 옮김

연극, 뮤지컬, 영화 등으로 재탄생되며 100년이 넘는 세월 동안 전 세계 사람들의 사랑을 받아 온 '영원히 늙지 않는' 고전! 어른이 되지 않는 '피터 팬'과 어른이 없는 나라 '네버랜드'를 탄생시킴과 동시에 '피터 팬 신드롬'이라는 말을 낳으며 동심의 상징이 되었다.

30. 제인 에어 샬럿 브론테 지음 | 한지윤 옮김

『폭풍의 언덕』과 함께 '브론테 자매'의 걸작으로 손꼽히는 샬럿 브론테의 대표작으로, 어린 나이에 홀로 고난과 역경을 이겨 내고 오로지 '열정'으로 나이와 신분을 뛰어 넘어 사랑을 쟁취하는 여성, 제인 에어의 삶과 사랑을 자서전 형식으로 그려 냈다.

★미국대학위원회 SAT 권장도서 ★BBC 선정 영국인 애독서 100선 ★연세대 필독도서 200선

31. 폭풍의 언덕 에밀리 브론테 지음 | 황윤영 옮김

에밀리 브론테가 남긴 유일한 소설로, 주인공의 광기 어린 사랑과 복수를 통해 인간 내면의 세계와 본질을 그려 냄으로써 오늘날 세계 10대 소설, 영문학 3대 비극으로 꼽히며 세계문학사의 걸작으로 남은 작품이다.

★미국대학위원회 SAT 권장도서 ★〈옵저버〉지 선정 '가장 위대한 소설 100'

32. 젊은 베르테르의 슬픔 요한 볼프강 폰 괴테 지음 | 함미라 옮김

독일 문학사를 일거에 드높였다는 평을 받는 세계적인 문호 요한 볼프강 폰 괴테가 젊은 시절의 체험을 바탕으로 써 내려간 자전적 소설. 찬란하지만 위태로운 젊음의 이면성을 격정적인 한 젊은이를 통해 그려 냈다.

★피터 박스올 『죽기 전에 읽어야 할 1001권의 책』 선정도서

33. 바스커빌가의 개 아서 코난 도일 지음 | 한지윤 옮김

〈셜록 홈즈〉 시리즈 사상 최악의 적수와 벌이는 사투가 팽팽한 긴장감을 자아내며 끝까지 숨쉬는 것도 잊게 만들 정도로 독자들을 사로잡는다. 독자들과 평론가 양쪽 모두에게 그 어떤 작품보다도 뛰어나다는 평가를 받아 온 아서 코난 도일의 대표작.

34. 헤르만 헤세 시집 헤르만 헤세 지음 | 이옥용 옮김

소설 『수레바퀴 아래서』와 『데미안』, 『유리알 유희』 등으로 꾸준한 사랑받고 있는 독일 문학의 거장 헤르만 헤세의 대표 시 105편을 묶었다. 통일과 조화를 꿈꾸며 화합하는 삶을 살고자 한 헤세의 고뇌를 엿볼 수 있다.

★노벨 문학상 수상작가

35. 인간 실격 다자이 오사무 지음 | 김아영 옮김

'내면적 진실의 정신적 자서전'이자 '문학 형태의 유서이며, 자화상'이라고 평가받는 다자이 오사무의 대표작으로, 인간에 대한 불신과 그로 인한 소외감과 죄악감으로 몸부림치다 세상에서 연약하게 무너질 수밖에 없었던 한 사람의 고백서이다.

★〈뉴욕 타임스〉지 선정 일본문학

*'클래식 보물창고'는 끝없이 이어집니다.